海生みの島

大島誠一

風媒社

海生みの島

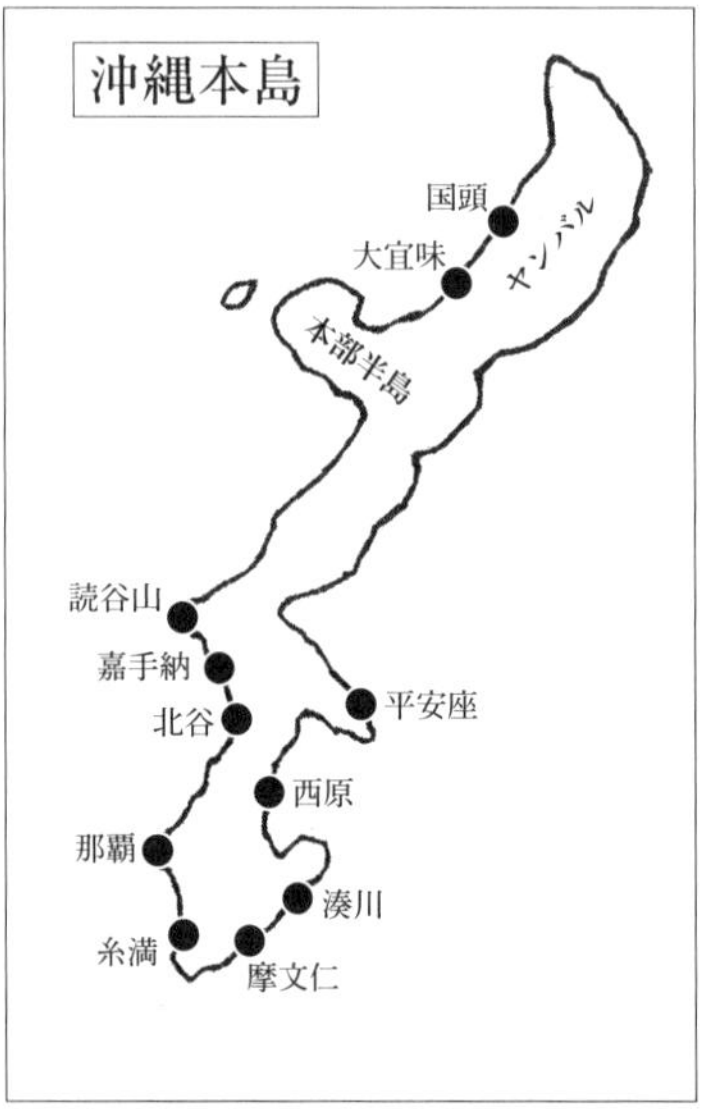
沖縄本島
国頭
大宜味
ヤンバル
本部半島
読谷山
嘉手納
北谷
平安座
西原
那覇
湊川
糸満
摩文仁

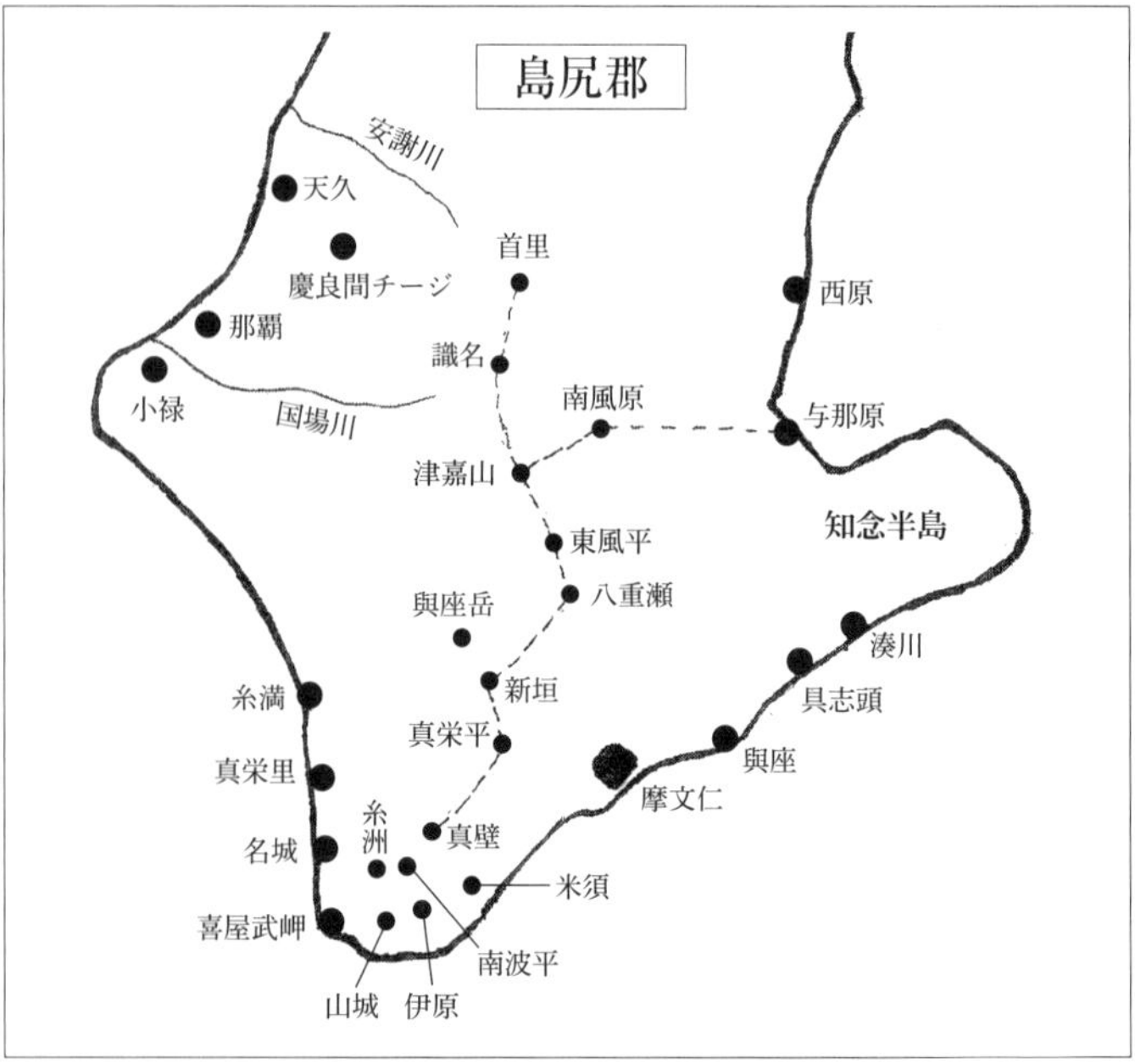
島尻郡
安謝川
天久
慶良間チージ
首里
西原
那覇
識名
小禄
国場川
南風原
与那原
津嘉山
知念半島
東風平
八重瀬
與座岳
湊川
具志頭
糸満
新垣
真栄平
與座
真栄里
摩文仁
糸洲
真壁
名城
米須
喜屋武岬
南波平
山城
伊原

海生みの島

一

沖縄モノレール牧志駅を降りると、村山健治は深く息を吸い込んで空を見上げた。昨日湧き上がっていた雲は影も形もない。健治の瞳の色まで青く染めあげてしまいそうな、紺碧の空が戻ってきた。

宿の出がけに、玄関を掃き清めていた女将が、今日からしばらく晴れが続きますよ、と言ってニコリとした。巡り合わせが良かったのだ。健治もこころよく笑みを返した。

牧志駅前が国際道りの東端になる。その一角にこじんまりとした公園があって、数人の老人が木陰に憩って歓談している。

公園を素通りしてしばらく行くと、ゆいレールをくぐる道路がある。泊通りと交差するその道を北に進む。なだらかな坂が伸びて、運動不足の健治にはちょっと辛かったが、息が上がることもなく登り切った。

坂の途中から目に入ってくる那覇新都心は、文字どおり一九八七年以降に開発された新しい都市街区だ。従来の久茂地《くもじ》、泉崎《せんざき》、国際通り、牧志《まきし》地区からさほど遠くない丘陵地に超高層マンションや大型商業施設、博物館、美術館が立ち並んでいる。粋を凝らした都市計画のお手本そのものだ。

一九八七年まで、その一帯には米軍基地に勤務する人たちが暮らす牧港住宅があった。いわゆるアメリカ村だ。一九四五年の沖縄戦のあと、米軍は激戦地シュガーローフを含む広大な面積を強制収用して、この地に軍人軍属向けに住居を建造した。

洋風の瀟洒《しょうしゃ》な家々は、那覇市民の憧れの的になった。自分らの暮らす急ごしらえの粗末な家とは比べ物にならない。ゴルフ場やプールを備えた、こじゃれた住宅に対する憧れは何と四十年間続いた。そして、だだっ広い基地への反感も相まって、言いようのない忌々しさと我慢も四十年間続いたのだ。

耐え忍ぶ年月が長かった分、返還後の発展は目を見張る勢いだった。格子状に走る道路がまず整備され、それとともに公園や住宅が姿を現し、やがて大規模商業施設、高層共同住宅、公共関連施設の沖縄県立博物館美術館や日本銀行那覇支店、ＮＨＫ沖縄局や那覇市上下水道局、公共職業安定所などが立地して、文字どおり新都心と呼ぶににふさわしい偉容が出現したのである。那覇市民、いや沖縄県民が待ちわびた、沖縄復興の象徴の一つと言って差し支えはないだろう。

本土復帰五十年。二〇二二年は沖縄が米国統治に終止符を打ち、日本国政府に還って五十年目となる記念すべき年なのだ。

美術館に通じる幅広の歩道で、沖縄独立、と大書した幟《のぼり》が突然目に飛び込んできた。村山健治はゆっくり傍らを行き過ぎた自転車を五、六歩後から振り返った。すると、その反応を見越したように、ハンドルを握る男が首を捻って健治を一瞥した。

再び歩き出した健治に驚きは少しもない。胸のすくような一刀両断もどき、威勢のよい考えの人も沖縄県民のなかにはいるのだろうなと、納得した。

平良孝七写真展は、復帰五十年を記念する企画展である。戦後の混乱期を生きた沖縄の人々に焦点を当てた沖縄県民史でもある。

戦争への憎しみ、米軍基地との抗い、人間への愛情、熱い心情を身内に沈め、衒いなく淡々とシャッターを切った作品群である。

あまりにも有名な鉄の暴風。沖縄の大地から大半の建物が消失した。艦砲射撃と爆撃機による空爆が、沖縄に鉄片を雨霰《あめあられ》のごとく降らせた。一九四五年、四月一日。読谷《よみたん》山、嘉手納《かでな》、北谷《ちゃたん》一帯は、住居も道路も、雑草も、そしてガジュマルの樹さえもすべて破壊され焼け焦げた。

焦土の大地に無傷で上陸した米国歩兵部隊と海兵隊。彼らを内陸で待ちうけていた日本軍の沖縄守備隊第三十二軍。両軍の激突は大勢の戦死者と民間人の犠牲者を生み出しつつ八十二日間続いたのだった。

県都首里が陥落し、やむなく放棄した第三十二軍は、本島南端の摩文仁《まぶに》に後退。軍人軍属と、彼らにつき従った民間人は、生死を分かつ背水の陣に追い込まれた。その戦闘過程で負傷した軍人と民間人が治療の場として担ぎ込まれた壕の写真があった。説明文に、糸満伊原の第一外科壕とある。ひめゆり学徒隊の女学生たちが破滅的環境にありつつも、きびきびとした対応で負傷した兵士や民間人を看護する姿が写真の洞窟に重なった。

一枚の写真が訴えかける絶望と献身。細々と命が燃える薄暗い壕の中、砲弾の爆音とともに忍び寄る敵の足音。息が詰まりそうな恐怖にかられながらも、めいめい使命を果たそうとする健気さ純真さ。村山健治はしばらく写真に釘付けになった。生徒たちの純真無垢な心を思って、哀れのあまり身動《みじろ》ぎひとつできないでいた。

静寂の数分が経ち、やがて靴音が健治の隣で止まった。その音にひかれ、健治が靴音のあるじを確かめた。すると、相手も同様に健治の様子を確かめてくる。互いに気まずさを感じながらも、視線を合わせた。

　心細かったでしょうね……健治は独り言とも話しかけともつかぬ言い方になった。

「ここまで追い詰められても、使命を果たそうとしたんですね」

「学徒たちはその時、何を信じていたのでしょうか？」

白いマスクとメガネを着けた顔が、言葉をさがす。長めの頭髪が額にかかる。二十歳そこそこの学生だろうと健治は思った。

「実は、この壕で僕の曾祖母が命を落としかけた。七十七年前でした」

　額の頭髪がかすかに揺れた。沈黙する胸の痛みに突き動かされて、青年はこの写真の前に立ったのだ。

「あなたの……お祖母ちゃんのお母さんはお元気なのですか、今」

「老人ホームにいます。九十五歳になります。命をすり減らしたその時から、七十七年経った今でも思い出話が尽きません」

「思い出は宝物ですね。私もお話をお聞きしたいくらいですよ」

「初対面の方に話すとなると、一層熱がこもるでしょう。人見知りしない人です。善は急げ。これから会いにいきましょうか」

青年は亀川順也と名乗った。大学が冬休みなのでたっぷり暇があるとつけ加えた。

「今日はちょっと遠慮しましょう。これからシュガーローフに行きたいんです」

「私が案内しましょう。シュガーローフ、近くだし、どうせ暇ですから。それと、シュガーローフというのは米軍の呼称です。私たちは慶良間《けらま》チージと呼んでいます」

「ごめんなさい。不勉強でした」

健治の額で火花が散った。

「いえ、咎《とが》めているのじゃ全然ないんですよ。晴れた日には、海の彼方に慶良間の島々が望める。そんな意味合いがあると知っておいてもらいたいだけですよ」


屋外は真冬にもかかわらず、風に鋭い冷気などない。時おり首筋に、心持ちひんやりとした吐息が吹きかかるかと感じる程度だ。

健治と亀川が行く歩道には白い琉球石灰岩が敷き詰められている。珊瑚や貝殻が長い年月堆積して生成された岩石だ。その気孔に、迷い込んだ冷気の大半が吸い込まれていくように思えた。

「博物館の前庭に伝統的な沖縄の家屋が建っています。広い仏間が特徴ですね」

東行きの信号が赤に変わり、二人は歩みを止めた。大型商業施設メインプレイスが目の前にある。

「昔は東寄りの一番座には床の間。次の二番座には仏壇が置かれました。仏間と居間は共用です。でもコンクリート造り住宅の現代では、家によってまちまちになりました。拘りがなくなったんです」

「私の地元、愛知県の犬山市にリトルワールドという民間の野外博物館があります。名古屋鉄道が運営するものです。そこに展示されている伝統的沖縄の民家とほとんど変わらないので驚きました。こちらのほうがかなり手入れが良さそうですが」

二人が歩き出すと、店先にいくつかの丸テーブルと椅子が置かれたカフェテラスがあった。昼まじかとあって、大半の席は埋まり、客はめいめいに、くつろぎの時を楽しんでいるようだ。

「一度行ってみたいな、その博物館。どことなく面映《おもは》ゆいというか、気恥ずかしいというか……もう過去のものですからね、当の沖縄では」

「ほとんどがコンクリート住宅ですね。台風でも微動だにしない」

「僕の家もコンクリートです。父の説によると、戦争で焼け野原になった沖縄には木材がなかった。そこで仕方なく、米軍住宅に倣ってコンクリートを使ったようです。窮余の策だったみたいです」

「瓢箪から駒、でしたね。この頃台風が巨大化している」

「でも、細かなとこで縁起をかつぐ人もいましてね。棹縁《さおぶち》天井といって、天井板を支える棹縁の向きの問題です。ご先祖様の仏壇に直角に刺さらぬように施工するんです。やはりご先祖様の怒りに触れぬように工夫するんですねえ、うちなんちゅは」

「やまとんちゅだって、ご先祖様は大切にしますよ。そこは、世界じゅう、いや人類共通の心情だと思いますね。命をつないでくれた者への感謝ですね」

「方法が異なるのは、やはり民族性なんでしょうか。それと、いまだ観光化されていない島地域には、まだ昔の住宅は残っていますよ。コンクリートに交じって」

黒のウエイターユニフォームを身に着けた青年が、ガラステーブルの上にコーヒーを二つ置いた。この時期、屋外でコーヒーが飲めるとは。健治は沖縄の暖かさが嬉しい。

「住宅に興味があるところを見ると、君は建築を勉強しているのかな」

健治はひと口コーヒーを啜った。マスクを外すと、爽やかなそよ風が頬を撫でてゆく。

「いいえ違います。専攻は数理です」

「理学部ですね。解析対象は多岐に渡るはずですが、主に何を解き明かそうとしているのでしょうか」

微かな躊躇の気配を見せたが、

「多岐に渡るというか……あらゆる人間行動や社会活動が研究対象になります。人間活動と社会現象のすべての因果関係を、数式の形ですっきりと表して、将来を予測できるようにします。リーマンショックなみの金融危機が予測できたら理想ですね」

「非常に難しそうですね。人工知能でも手を焼きかねない」

「原則は全分野なんですけれど、なかなかあらゆる現象とはいきません。僕はだから計量経済学を勉強したいと思っています。解析対象は得体のしれぬ現代経済です。琉球大学理学部で数理を勉強しています」

そう言うと学生は黒いマスクを外した。濃い眉の印象がとたんに半減した。

二十階建高層ビル群の遥か上空を、米軍の偵察機らしき機影が二つ、翼を並べて北上して行く。

「私の仕事も解析対象になるでしょう。何だか察しがつきますか」

大型バイクがけたたましい爆音を立てて中環状線を走り抜ける。健治がちょっと顔をしかめた。

「……統計と関係がありますか？」

学生は白いコーヒーカップに口をつけた。

「経済指標はとても重要です。それがすべてだと言ってもいい。毎日活発に動く。時として、私たちの生活に大きな衝撃をもたらします」

「……金融保険か証券。図星じゃないですか。近代経済学ですね」

自信ありげな言い回しだ。

「ヒントが甘かったかな。証券会社なんです。数理解析にお誂《あつら》え向きの世界。これ以上うってつけの分野はないと思いますよ」

「そのとおりですね。世界各国に存在する債券と証券。それらをすべてひっくるめて、巨大化した有価証券市場の数理解析は興味深いですね」

「部内者から見ても、混沌極まりない状態ですからねこの世界。一ドル一〇〇円として日本の国民総生産が六〇〇兆円くらい。通貨発行量は一三〇兆円。この概ね二〇パーセントという数字はとても高い。ほかの先進国は五パーセントほどです。しかし、国民の預貯金が二〇〇〇兆円ある。十五兆ドルです。この預貯金量が保険になっているのでしょう。いずれにしても、このごちゃごちゃがすっきりとした数式にまとまれば通貨の動きが透明になってありがたいかぎりですね」

世界を巡る膨大な通貨量は、それ自体巨大な怪物と化している。

「努力課題にしましょう。このごちゃごちゃが世界中の国々で渦巻いているのですから解析は神の手によるしかないのかもしれません。アダム・スミスじゃないけれど」

「彼が主張する自由放任主義には賛成できない。だから私なりにマクロの数字はきちんと押さえていますよ。放ったらかしじゃいけません。米国の国民総生産が二三兆ドル。預貯金量が一二〇兆ドル。合計一四三兆ドル。そして通貨供給量が七兆ドルです。おおよそ五パーセントですね。一方、日本の国民総生産はさっきも言ったように六兆ドルですが、預貯金量が十五兆ドルあります。合計二一兆ドル。そして、通貨供給量が一兆ドル弱。不思議なことに、こちらも五パーセント強です。この符合は両国の通貨当局が暗にそこいらの値を協議決定しているとしか考えようがない。転ばぬ先の杖というやつでしょうね。リーマンショック再来を防ぐための」

日本銀行那覇支店が道路の反対側にある。中央銀行は通貨政策の大元締めだ。玄関の両脇を固めるシーサーがじっとこちらを睨みつけている。

「国民総生産と国民総預貯金を合わせた金額の五パーセント前後が現在の通貨供給量なんですね。野放図に増えているようで、ちゃんとしかるべき目安があるんだ。問題は五パーセントの根拠ですけどね」

「そこは君たちに任せましょう。精緻な解析こそが米国経済、ひいては世界経済の崩壊を防ぐことができる。一九二九年に起きた大恐慌の二の舞いは絶対に避けたい。世界平和のためでもあります」

「大恐慌が第二次世界大戦を引き起こしたのでしょうか?」

「今ほどでないにしても、世界貿易がある以上、多かれ少なかれ経済はグローバルですよ。超大国の不景気が世界経済を大混乱に陥れることは必然でしょう。米国の識者だってそれは承知していると思いますよ」

「ゲーム理論、オークション理論。経済の複雑な現象を解明しようとする新しい考え方が登場しています。そしてその提唱者がノーベル経済学賞を受けている。米国経済を丹念に研究して、その習性を明らかにして、道を誤らないようにして、末永く成長させていくことがとても重要だという証明ですね」

ノーベル経済学賞が、もっぱら米国経済の研究者に与えられている事実は確かなのだ。通貨なる魔物を解明する努力の成果だ。

「第一次大戦がすべての始まりのように言われていますが、すでに一八八〇年ごろから米国が国民総生産世界一です。ドイツもイギリスもかなわない」

「そんなに前からですか……」

「ヨーロッパは内輪もめしているどころではなかった。歴史上初の世界大戦で米国は戦場にならなかった。莫大な戦争消費をほとんど米国のみが賄ったと言っていいでしょう。おかげでとてつもない富を蓄えた。その富が暴走して大恐慌をもたらした。具体的には、その富の何十倍もの投機資金が米国国内だけでなく、世界中の市場をかき乱した。敗戦国ドイツは米国の経済援助が頼りだったし、イギリスとフランスは戦時中の債務が米国にあった。借金です。米国が頓挫したら、当然みな共倒れですよ」

第一次世界大戦では、日本も漁夫の利を得て好景気に恵まれた。健治はその事実には触れなかった。

「第二次大戦でもまた米国は戦場にならなかった。先の大戦の時と同じですね。再び米国が巨大な富を獲得したのでしょうか」

念を押す亀川に、健治は頷いて見せた。

「第二次世界大戦では、ヨーロッパに加えて、アジアの犠牲のうえに米国は巨富を築いた。わざとそうしたわけでないけど、結果的にそうなった。その分、米国の責任は重大ですよ。強国の責務です」

「経済的な富を手に入れた米国ですが、人的犠牲も大きかったのではないですか。特にこの沖縄では短期間に大勢の米兵が戦死しました。激戦の地、慶良間チージと前田高地では日本軍の首里防衛隊とのあいだに死闘を繰り広げた」

「米軍の呼び方によればシュガーローフとハクソーリッジですね。二千人以上の米兵が戦死したと聞いています。米国はもともと石油も出るし、科学技術も発達しているし農業も盛んです。農家出身の青年兵士が大勢この沖縄の地で亡くなったようですね」

「ヨーロッパ同盟国への食糧供給のおかげで懐が潤った米国農家。その農家を次ぐべき青年たち。彼らがこの沖縄戦で帰らぬ人となった。さぞかし無念だったでしょうね」

「でも経済に限れば、食糧特需や軍需特需が米国経済を完全に生き返らせたことは確かです。株式市場も平静を取り戻し、元どおりの信用取引も温存されている。信用取引というのは一〇〇ドルの証拠金で、一〇〇〇ドルの株式が買える。てこの原理の過大取引が市場の規模を実態以上に膨らませている。こういう水増し資金をいかに制御するか。それが今後とも肝心ですよ」

「聞いただけで、とても危なっかしそうな取引方法ですね。大ぼら吹きの市場になりかねない。鋭い解析の必要性を感じます」

「一九二九年のニューヨーク市場大暴落当時、米国の一般投資家の多くが、借金をした資金で信用取引に参加していた。だから余計に損失が膨らみ、破産するものが続出した。大恐慌以前の国民総生産を回復するのに十年かかった。第二次世界大戦の戦争特需を待たなければならなかったと言われています。米国は一八八〇年頃にすでに国民総生産世界首位の座につき、その後ずっとその地位を守り続けていたのですから、第一次大戦がなくても、その地位は揺るがなかったはずです」

「戦争をありがたがるのは間違っている。やはり平和こそが繁栄の条件なんですね。その目的のためだけではないけれど、沖縄には先端科学技術大学院大学という研究機関があります。しかし惜しいことに、研究対象は自然科学系ばっかりで、社会科学系がありません。今後はぜひとも社会科学系の付設を希望したいですね」

区切りよく亀川が纏めてくれたのをきっかけにして、健治は席を立った。喋り足りなさそうな亀川を促して、本来の目的地であるシュガーローフに足を進めた。

那覇中環状線を横切って道を左にとる。右手に建つ建物には那覇市上下水道局が事務所を構える。その東隣には白亜の高層ホテルが肩を並べる。

七十七年前に確かに起きた日米の死闘。遥か記憶の果ての出来事とは言え、目の前の光景は思い描いていたそれとはまったくかけ離れていて、時のもたらす変容を痛感する。

「もうじきですよ。先ほどのカフェテリアからだと十分もかからない」

「間近かまで立派な高層ビルが迫っているんですね。建築工事の時には、よほど気を遣ったでしょう。戦死した人の遺骨が埋まっているかもしれないのだから」

「あったとすれば、日本の兵士や民間人の骨でしょう。アメリカ兵の遺体なら、占領した米軍が速やかに確保して、本国の家族のもとに帰ったはずです」

「でしょうね。米軍は戦友を置き去りにしない。海兵隊の心得にあるらしい」

ゆいレール、おもろまち駅あたりから緩い坂を駆け上がってくる東風。年の瀬12月下旬に、これほどほのぼのとした風に包まれる幸せ。しかも、犀利な向学心にあふれる亀川という青年との出会い。気取らない野心を語るその正直さに、健治は今を生きる沖縄青年の頼もしさを感じる。戦禍の過去も、まだ見ぬ未来も、分け隔てなく自らの手元に引き寄せようとしているのだ。

二十年間勤め、初めて申し出た一週間に及ぶ有給休暇。席を置く証券会社の同僚上司だけでなく、妻の恵子と二人の息子たちまで目を丸くした。

「冬の沖縄で、いったい何をするつもりなの？」

呆れ顔の恵子がテレビ画面から目をそらした。おりから画面には沖縄のクリスマス準備風景が映し出されている。沖縄らしい花ブロックを積み上げたクリスマスツリーが色鮮やかだ。

「おじいさんがね……」

健治は話し始めた。恵子だけには胸の内を知ってほしいと思った。

「戦争中に沖縄でとても苦労した。地獄を見たんだ。日本が米軍と死にもの狂いの戦いをした歴史は知っているだろう」

「沖縄戦といえば、ひめゆりの塔よね。女学生たちのひめゆり部隊」

「彼女たちは民間人だね。おじいさんは日本軍の兵隊だった。高射砲という、主に飛行機を撃ち落とす大砲を扱う任務だった」

何を思ったか、長椅子から立ちあがった恵子がやにわに天井を見上げた。

「天井にへばりついた虫さえ難しいというのに、飛んでる飛行機になんて、当たるものかしら」

「無理だろうね、命中は」

「下手な鉄砲にも負けるわね」

恵子の軽口に健治は顔をしかめた。

「……あのな、命中は必ずしも必要じゃない。砲弾が当たらなくてもいいんだよ」

「素通りして行って構わないってこと」

長椅子に座り直してから、恵子は瞳を爛々と輝かせた。

「狙った飛行機の近くに届けばいいんだ。時限式の信管が作動して、標的機近辺で砲弾が炸裂すれば、飛び散る鉄片が当たって飛行機に損害を与えることができる。運が良ければ炎上墜落する」

「ずるいわね、命中してもないのに……」

「日本の高射砲は千発に一発は命中したらしい。おじいさんはそいつを自慢していた。沖縄のシュガーローフの戦闘で自慢の腕前を存分に発揮したんだよ」

「いいかえれば、アメリカの飛行機がいっぱい飛んできたということよね」

まるで雲霞のごとく、夥しい数の艦載機が飛来したと祖父は回想した。恵子の言うとおりなのだ。

「目の前の沖合が、アメリカの戦艦で埋め尽くされたと言っていたよ。黒い浮き島が沖縄に向けて突進してくるようだったらしい。恐ろしかっただろうね」

「本土から援助とか援軍とかは行かなかったのかしら」

「海も空も米軍が見張って徹底的に警戒していた。のちに来る総攻撃の時以外、援軍は行けなかったんだよ。本土防衛のために孤立無援の島で死ぬまで戦い抜くしかなかった」

「沖縄を死に場所に決めたのね」

「個人どうしなら、何の恨みもない日本兵と米国兵だよ。そんな彼らが大勢、無残な姿になって命を落としたんだ。彼らのために人として、ささやかな哀悼を捧げたいんだ。七十七年も経ってしまったけれどね」

思い立ったが吉日よね……そう言って恵子は化粧っけのない目元をほころばせた。

「シュガーローフで斃《たお》れた戦友たちを、手厚く葬りたい……熱い心情にかられた海兵隊員たちの切なる願いだったのでしょうね」

「この地を占有すれば、戦友の遺体を丹念に心ゆくまで収集できる」

「骨と肉、一片たりともおろそかにすることなく拾い集めたのでしょうね」

骨と肉の欠片。本当にこの青年はその生々しい形と色が描けているのだろうか。健治は心ならずも不安がのぞいた。もっとも、それは戦後世代の自分も同じなのだが。

「……とにもかくにも、戦友たちの肉体の一部に触れた海兵隊員たち。彼らは日本人への憎しみを再燃させなかったでしょうか、収集作業の最中に」

「今の僕とほとんど同年代の若い兵隊たちです。宗教戦争ならともかく、戦いがすめば拘りなどなかったと思いたい。ひたすら無心に黙々とその作業をこなしたはずです」

「二千人を上回ったと言われる米兵の亡骸は、彼らの手で一人残らずアメリカで待っている家族のもとに戻った」

「日本兵はどうなったのでしょうか？」

「地元の君が知らないようでは、見当がつかない」

祖父が語った沖縄戦でも、前田高地と慶良間チージで倒れた日本人犠牲者がどんな結末に至ったかは聞いたおぼえがない。

「敵対関係が決着すれば、たとえ恨み骨髄に達していたとしても、根っこは幸せを求める人間どうしですよね」

亀川の傍らを、仲睦まじい親子が通り過ぎて行く。

「指揮官なら、誰もがそう考えるのではないでしょうか」

「埋み火として胸の内に抱える憎悪があるにせよ、きっとすべての遺体を日本に返してくれたと思います。そうしてほしいというのが本音ですね」

「県立図書館の蔵書をあたってみましょう。豊富な資料が揃っていますから」

車道を疾駆する自動車。立ち並ぶ高層ビル。この地で日本軍と米軍が命がけの戦闘を繰り広げた。一九四五年日本無条件降伏も近い五月の一週間、この辺りは呼吸さえままならぬ炎熱地獄になったのだ。

火炎放射器を駆使して野を焼きつくし、重戦車を先頭にして大地を押し潰していく。その背後から、海兵隊員は機関銃を乱射して日本兵に止めを刺す。人間に備わった温情、思い遣り、道徳などはそれこそ影形なく吹き飛んで、獲物を仕留める野獣になる。

それは日本兵とて変わらない。米軍上陸時には完全に沈黙した日本軍。地下に張り巡らした首里防衛網の壕に身を潜めて時を待つ。やすやすと上陸させて敵方の油断につけ込む目論見だった。すきさえあれば、物量に勝る米軍といえども恐るるに足らず。一人残さず息の根を止め全滅させるしかない。沖縄の地を踏んだ者は生きて返さない。いったん上陸を許したからには、殲滅が必至であった。

内陸に穿《うが》ったトーチカに潜んで息をつめ、敵を可能な限り引き寄せる。殺傷確率の高い至近距離に近付くのを待ち構え、真正面から生ける標的を銃撃する。うまくいけば百発百中、米兵の屍の山ができる。

射撃に秀でた者には特殊な任務が割り当てられる。狙撃だ。指揮官や通信兵、衛生兵など重要任務の担い手を標的に、狙い定めた命の的を確実に貫通させる。部隊のかなめとなる一人一人を仕留める冷静沈着な作業だ。

勇猛果敢な兵は爆弾を抱いて、敵方に突進していく者もいる。命知らずの自爆攻撃を仕掛けるのだ。上官の誰かが、そう仕向けるわけではない。自ら進んで志願するのだ。侍魂の行き着くそれぞれの形だ。生きたいという本能も、生きてほしいと願う家族の思いも、洗いざらい頭から消え失せて、冷血な殺人機械になる。

陸上だけではない。空から飛来する偵察機と爆撃機は執拗で鬱陶しい。群れ飛ぶトンボを思わせる機体をめがけ、物陰に据えられた高射砲を放って粉砕炎上を狙う。たとえ一機でも二機でも撃ち落とせたなら、それだけ頭上に降り注ぐ豪雨と見まごう砲弾を減らすことができるのだ。

戦場では敵も味方も、血の通った優しい人間から冷酷非情な野獣に変貌する。ゴルゴンの石となって心をなくすのだ。


あの丘がシュガーローフですよ。

登り坂から緩いくだりに差し掛かった時、右手のビル影から小高い丘が現れた。頂上に巨大な白いタンクが聳えている。

もっと先かと思っていた健治は、思わずたたらを踏んで歩みが乱れた。

「頂上と麓、一〇〇メートルあるかないかの距離です。この狭い空間で、日米の兵隊が命を投げうつ捨身の死闘を繰り広げました」

「面影はありませんね」

健治は緑に覆われた斜面を見上げた。

「日米双方が、代わる代わるてっぺんの占拠を繰り返したんです。一日に四、五回代わったという証言があります」

「血を血で洗う、壮絶な戦いだった。血で抗う意地のぶつかり合いそのものですね」

二人がこんもりとした丘の影を進むと、山肌の斜面にへばりついた急峻な階段が見えてきた。

「ここから登りましょう。見た目は急ですが、それほど長く続く階段ではありません。安心してください」

「そいつはありがたい。年とともに運動不足の毎日。長い階段だと息が切れてしまいそうです」

「そんな、沖縄県民と同じようなことを言わないでくださいよ。自動車に頼りすぎじゃあないですか」

「そいつは仕方ない。沖縄には鉄道がないのでしょう」

「戦前、沖縄にも軽便鉄道がありました。戦争で破壊され、それっきりですけど」

「あったのですか。それは初耳です。惜しいことをしました。残っていたら、沖縄の交通事情も変わったでしょうに」

亀川が一段目に足を踏みだした時、右側の雑木林で耳をくすぐる物音がした。ふと見ると琉球ヒヨドリらしきこげ茶色の野鳥が健治の目に留まった。

五十段余り続く階段の途中に、白木の卒塔婆が立っている。亀川が歩みを止めて、

「ツワブキの花に卒塔婆が寄り添っているみたいですね」

墨文字で、南無妙法蓮華経　シュガーローフ戦いにおける一切の戦没者霊、とある。誰かの手による供養と慰霊の卒塔婆だ。健治はツワブキと白木にむかい合掌した。

階段を登り切ると、見晴らしの良い平坦地が待っていた。そこで視界を覆うのは、高さ十メートルにも及ぶと思われる白く巨大なタンクだ。

「このタンクは、那覇三十万市民の水道水を蓄える貯水槽です。いわば命のタンク」

瞬きしながら亀川は、白い肌が眩《まぶ》しいコンクリートの円柱を仰ぎ見た。

「ここが一番高い所だという証明ですね。だけど、できれば更地で残してほしかった。これでは有名な戦跡にふさわしくない」

膝に痛みが走り、健治はちょっと表情をゆがめた。運動不足とは言え、元ラガーマンが情けない。健治は胸のうちで自身に気合いを入れた。

「市民の飲料水には代えられない。生活インフラが優先です」

「ごめんごめん、ちょっと軽率でした。人が生きてこその町だよね」

「あそこにある記念碑に、形ばかりといってはなんですけど、シュガーローフの戦いについて記した大まかな説明があります。読んでみてください」

先を行く亀川がタンクに構わず、石造りの書見台の前で立ち止まった。

石板に刻まれた文章は、この場所でおきた戦いについて端的に伝えている。

沖縄戦の激戦地、字安里の北に位置する丘陵地帯に築かれた日本軍の陣地の一つ。日本軍は、すりばち丘、米軍はシュガーローフと呼んだ。一帯の丘陵地は日本軍の首里防衛の西の要衝で、米第六海兵師団と激しい攻防戦が展開された。

とくにここ慶良間チージの攻防は、一九四五年五月十二日から一週間に及び、一日のうち四度も頂上の争奪戦が繰り返されるという激戦の末、十八日にいたり米軍が制圧した。米軍は死傷者二六六二人と一二八九人の精神疲労者を出し、日本軍も学徒隊・住民を含め多数の死傷者を出した。

それ以後、米軍は首里への攻勢を強め、五月二十七日、首里の第三十二軍指令部は南部へ撤退した。沖縄戦は、首里攻防戦で事実上決着していたが、多くの住民を巻き込んだ南部戦線の悲劇は、六月末まで続いた。

精神疲労者が多数生まれたのは当然の結果だ。一二八九人という数字には疑問がある。一部の指揮官と下士官を除く大半の実戦部隊兵士たちが、戦争神経症に罹患したと考えるのが自然だろう。十八万人の米兵、二十万人の日本人。彼らが被った心の傷を、健治は容易には測りえない。

敵味方が放つ砲弾の爆裂音。空を覆い尽くす爆撃機の轟音。火炎放射器をまともに食らって人型の炭と化した日本兵。敵弾を命中され顔が粉々に吹き飛んだ米軍兵士。何もかもが土煙にかすんだこの場所。この世のものとも思えぬ騒音。肉体が鉄に食い尽くされる残酷。何もかも、この地で起きた出来事だ。

戦いのなかにいる人間は自身の操り人形でしかない。それも制御の利かない操り人形。知性と人情は要らない。敵兵殺戮の邪魔になるだけだ。視野の中に動くものを見れば、ひたすら機関銃や歩兵銃を打ちまくり、ありとあらゆる敵兵の命を血祭りにあげる。人でなしの殺人者だ。

しかしそのすべては思慮深い自分が仕出かすわけではまったくない。そんな残虐行為、まともな自分に出来るはずがない。みんな自分の操り人形の仕業なのだ。精神が破壊された操り人形。心は醜悪な悪魔に乗っ取られているのだ。

「今で言うPTSD。心的外傷後遺障害を患った兵士が一二八九人というのが本当に確かな数字なのか、僕にはわかりません。村上さんはどう思われますか?」

黒い瞳に、わずかばかり迷いの翳りが浮かんでいる。

「そんなわけないと考えているのですね。もっと多いかもしれないと」

「実戦の参加者全員が患っていたと、僕には思えてならない。戦場は狂気そのものでしょうから」

「そのとおり。鉄の心臓と頭脳でも持ち合わせない限り、心が打ちのめされるでしょうね。百戦錬磨の古参兵を除けばね」

「慣れると神経が強靭になる。言い換えれば、繊細な人間の心を失っていくということですね」

「さらに言い換えるなら、鉄の心臓と頭脳に鍛えられていくわけです」

そう言いながら健治は、実戦経験を重ねた下士官たちに宿る心の軋みを排除できない。場数を踏めば、兵士が完全なゲームの駒に変身するとは思いたくない。

高さを競うように立ち並ぶビルの群れ。その彼方には、ハクソーリッジと米軍が呼んだ前田高地があるはずだ。

「前田高地はあのビルの向こうですね」

健治は北東方向を指差した。

「そうです。メル・ギブソンの映画ほど急峻な崖ではありませんが、米軍はあの嘉数の戦いでも大勢の犠牲者を出しました」

「崖を登り切った所で、待ちかまえていた日本軍の猛反撃にあった」

「不意を衝かれたわけではないのです。予測された猛反撃です。にもかかわらず、映画の主人公は負傷した海兵隊員や日本兵の救助に没頭した。私にはとても考えられません」

「英雄的というより、自己犠牲的な行為ですね。命がいくつあっても足りない……ところで、そこには大きな水道貯水槽はないのでしょうね」

「広い公園の一部になっています。水道タンクはありません」

真面目な顔つきで亀川が応えた。

それが理想です……いきなり階段の方から赤毛の外国人が歩み寄ってきた。

亀川と健治は、そろって男の顔に眼差しを注いだ。青灰色の右目で小さくウインクをする。黒いマスクがどこか謎めいている。

「ここは大勢の米兵受難の地だよ。そんなところに目障りなタンク。思いやりのない仕打ちだね」

「日本兵受難の地でもあるんだよ。第一、那覇市民の生活だって大事でしょう」

目を吊り上げ加減にした亀川が、おそるおそる語気を荒げた。

「まあ、水瓶なら文句は言えない。私の町サバンナにもウォーター・タワー・スクエアと呼ばれる広場があるんだ。給水タンクが建っていた跡地なんだ。ちょうどこんなタンクだったかもしれない。かけがえのない給水タンクでよかった。くだらないものが建っていては、間違いなく気分が悪いからね」

男がさらに歩み寄ってきたので、健治はひとりでに右手が伸びた。

「シュガーローフに何かゆかりのある方ですよね」

健治がつくり笑いを浮かべて握手を求めると、男もためらいなく右手を差し出した。歓迎してくれますか……そう言って握手に力を込めた。互いに手のひらの温かみが伝わって、胸の奥までほのぼのとしてくる。

「雨降って地固まるといいますよ。試練は希望への入口とも」

「そちらの若い方は？」

握手を解いて男は亀川のほうに上体を乗り出した。

「水不足だけは勘弁してください」

タンクを見やってから、亀川は右手をためらいがちに差し出した。険しい眼差しは、あっという間に元に戻った。

「英文の解説がこちらにあります。大雑把だけど一読の値打ちはあると思いますよ」

健治が目くばせで書見台を示した。

解説を読み終えると男は、小刻みに数回頷いた。そのあと幻を探すように、空を見上げて目を閉じた。二、三分そのままじっとして動かなかった。

スコット・ファーラーといいます。アメリカ人です。祈りを終えると男はそう名乗って二人に向き直った。

「どなたがこのシュガーローフの戦いに従軍されたのですか？」

健治は率直に訊ねた。

「祖父が海兵隊員でした」

「じつは私も、祖父が慶良間チージの戦闘に従軍しました。運よく生き残りましたが、そのあと瀕死の状態で南部に逃れ、最後は摩文仁で捕虜になりました。アメリカ軍の衛生兵に助けられたのです」

「そいつはよかった。私の祖父も、ありがたいことに生きて祖国に戻りました。負傷したせいもあって、しばらくは精神が痛んでいたようでしたけれどね」

「戦争に従軍すれば、誰しもが精神を病むでしょうね。正常が保てるはずはないと思います」

「この場所で、あなた方のお祖父さんが命を盾に戦ったんですね。二人とも生き残ったとは幸運でしたね。私の肉親も、ひめゆり部隊従軍で九死に一生を得ました。戦闘用員でもない看護婦なのに、死地をさまよったのです」

わきまえのある亀川にして、泣き言が口を衝いて出た。

「ひめゆりと言えば、女学生の看護部隊でしたね。非戦闘員まで殺傷するなど許されません。理屈はそうなのですが、実戦ではとても難しい」

スコットが自論を述べた。

「彼女たちが、献身的な看護活動をしていた病院壕を撮った写真があります。見に行きませんか?」

健治はスコットを平良孝七写真展に誘った。亀川のむかつきを宥めるには、そうするしかないと思えた。

三人は那覇中環状線を西に向かった。おもろまち駅から来たスコットは、初めて歩く道である。

「この高層ビル群に囲まれたら、お祖父ちゃんは目を丸くするだろうね。マンハッタン生まれの兵隊ならともかく、私たちはジョージアの小都市出身だからね。見事な復興ぶりに腰を抜かすかもしれない」

「マンハッタン育ちの兵隊が、海兵隊にいたのですか?」

「大学教授夫婦の息子です。親に似ずと言うか、見かけ倒しで乱暴な奴だったらしいですよ。アメリカが、一九四一年八月におこなった日本向けの石油禁輸政策をとても礼賛していたようです」

「戦場で本性が露わになったのかもしれない。僕ら若者には、あり得ることです」

おもろまち四丁目で賑いを見せるメインプレイス。先刻、健治と亀川が一服したカフェテリアにはさらに客が増えたようだ。

美術館に着くと、スコットは展示室を観る前に、入口近くにある図書資料室に興味を示した。問うまでもなく、沖縄戦の記録図書と写真集が揃っているはずだと言って、入室を希望した。

三人そろって内部の様子を確かめながら入室すると、案内係と思しき女性が、席を立って歩み寄ってきた。

「どんな資料をお探しですか?」

「……平良さん。写真展の平良さんの写真集があればいいなと思いまして。できれば、糸満伊原壕の写真があれば尚いいんですが」

亀川が細かな指定をすると、女性は眉を寄せて、

「平良さんの写真集は所蔵しておりますが、その内容まではわかりかねます」

「平良さんの写真も見たいけれど、沖縄戦の公式記録写真集はありませんか。私はそっちを先に見たい」

「アメリカ軍による公式記録があるはずだよ」

「国立公文書館で相当数見られるよ。そいつはでも、米国側の視点によるものだよ。アーニー・パイルにしてもそうでしょう。日本人なら日本人の見方があるのじゃないかなと思

うんだ」

「アーニー・パイルって?」

「アメリカ軍の従軍記者の方です。硫黄島戦、沖縄戦に従軍して、伊江島で戦死されました」

「グアム戦には従軍しなかった。一九四四年当時、彼はヨーロッパ戦線に従軍していました。私の祖父はグアムで戦っていた」

「グアムと沖縄。君のお祖父さんは二つの島で日本兵と激戦を経験したんだ」

その事実を知って、健治は米国海兵隊員の士気と戦闘能力の高さに感心した。

「グアムには、私の親類一家も移住して住んでおりました。南洋興発という国策会社に勤めておりましたので」

「沖縄の人達は、戦前から海外移住に抵抗がなくて、ハワイとかブラジルにまで渡ったものです」

口を挟んだのは亀川だった。

「米西戦争の結果、フィリピンとグアムは米国統治に変わったけれど、沖縄の人々にはあまり影響なかったようですね」

「島国ですから、海外渡航は苦にならないのです。かえって、アメリカさんには安心したようですよ。なにしろスペインは、征服当初、チャモロ人男性を皆殺しにして、代わりに輸入したフィリピンや中国の男性を女性たちにあてがった歴史があるので、常に反感を持たれていました」

「我がアメリカに限って、そんなひどいことはしない」

スコットが自信たっぷりの口振りなので、健治はひとことつけ加えた。

「ただしですよ、フィリピン獲得によって、中国から南下しようとする日本と角つき合わせる羽目になった。新興帝国主義どうしの対立です」

「互いに仮想敵国同士。日米戦は避けがたかったという人も多いですよ。そんな危うい時にも、沖縄の人たちは平気でグアムに移住したりする。おおらかと言うか、国という縛りに無頓着と言うか」

「帝国日本と民主主義アメリカ。自由を求めるなら、断然グアム、ハワイがいい」

若い亀川なら当たり前の選択だ。だが大人に限れば、そうとも決まらない。当時だって大半の沖縄人は、軍国日本による支配が窮屈であろうと、中国侵略でかなり無理をしているとわかっていようと、沖縄を離れはしなかった。ただしグアムの場合、移住という大仰な覚悟は薄かったのかもしれない。

二

一九四四年二月八日。満洲の第二十九師団駐屯地は凍るような冷気に包まれていた。寒波は去ったものの、大陸の寒さはつねに容赦がない。身を切る鋭さがある。

夕刻、輜重中隊横田修一は兵員入浴の監視任務についていた。冷気を癒すこの上ない安楽の時間。一五〇〇人が数時間の間に入浴をすませるてんやわんや。こそ泥騒ぎなど、何が起きるとも限らないのだ。

緊張のなか、脱衣室の隅々にまで目を配っていると、突然上官の稲川中尉から呼びだしがあった。こんな時に呼び出しとは……これまでにはない成り行きに、任務とは異質の胸騒ぎを感じつつ、修一は中尉の前に急いだ。

「移動だ。明日遼陽に移る。今夜中に兵器はじめ、糧秣、俸給受給証などを取りまとめよ。なお、これは内密だが、移駐先は南方のようだ。ついに来たな横田。敵は米国。相手にしちゃあ不足はないぞ」

「国民党、共産党、軍閥とはついにおさらばですか。支那兵がてんでばらばらで助かったのですが、米軍はきっと、うって一丸となるはずですから、褌しめ直してかからねばなりません」

「その意気だ」

南方と聞いて、修一は全身に震えが来そうになった。噂話に、南方は地獄だ、と聞かされていた。ニューギニア戦、ラバウル戦、ガダルカナル戦、どこもかしこも全滅同然と聞けば、生きて帰れないかもしれない。そう思うと、任務に戻る途上胸によみがえってきたのは、三年前の別れの時だ。

一九四一年、八月三十日、名古屋第六連隊で二十五日間続いた軍事訓練が終わった。二年前の一九三九年二月に、一次兵役が解除になったが、四一年八月、二度目の召集令が舞いこんだ。二年はげんだ洋服職人を切り上げて修一は、両親との辛い別れの末入営したのである。

二十五日間の訓練期間中、父と母は毎日欠かさず顔を見せに足を運んでくれた。これが親子の見納めになるかもしれない……不吉な思いがそうさせたのかもしれない。父母のたたずまいは終始沈みがちだった。できうれば名古屋に引き止めたい。そんな願いが全身に満ちていた。そして今、その危惧が現実となった。初年兵の時、野戦重砲兵第一旅団輜重隊第二中隊補充兵として入隊した自分が、南方島嶼へは、第二中隊第二分隊長として任につくのだ。さよなら、父ちゃん、母ちゃん。海より深い親の恩。恩返しもかなわず死地に赴く自分を許してください。本当にありがとう。

国共対立と日華同盟条約締結によって、支那戦線は安定。やっと安らげる日々が到来したかと思っていたところに、予想外の転戦下命。悔しさをこらえつつ、夜遅くまでかかって身支度を整え、修一は朝を待った。そして翌二月九日八時、歩兵第三十八連隊駐屯地のある遼陽に向かったのである。

二月二十日、第二十九師団歩兵第三十八連隊三千人は列車に乗り込み遼陽を出発した。翌日朝満国境を越え、二日後二十二日、釜山に到着した。兵に夏服が支給され、すでに入船していた安芸丸、東山丸、崎戸丸三隻の輸送船に、積める限りの武器、弾薬、戦車、糧秣、貨物自動車などを積みこんだ。ただ、武器、自動車装備品の一部は残置せざるを得なかったのである。

一九四四年二月二十三日、第二十九師団は輸送船三隻に貨物の積み込みを終えた。歩兵大隊三個、砲兵大隊一個、工兵中隊一個、補給中隊一個、通信中隊一個、衛生中隊一個からなる大部隊。輸送船は日本郵船と大阪商船から徴用された三隻である。

安芸丸には、奈良を編成地とする歩兵第三十八連隊に、静岡の兵が加わった。東山丸には、松本を編成地とする歩兵第五十連隊に仙台の兵が加わり、そして崎戸丸には、豊橋を編成地とする歩兵第十八連隊が乗船した。さらに補充兵として、名古屋師管区から多くの兵員が輜重《しちょう》兵などとして補充されていたのである。

貨物と兵員を満載した三隻は、二月二十四日、日本海から瀬戸内海に入った。海は外海とは打って変わって凪《な》いでいた。故国の穏やかな海原と美しい島影。乗員たちは、代わる代わる荷物だらけの甲板に出て見納めになるだろう、懐かしくも心和む風景を眺めた。感極まり、腕組みをしたまま立ち尽くす者、目頭を潤ませる者、しゃがみこんで嗚咽する者があいついだ。

「横田はんは、あんた名古屋ですわな」

安芸丸の船室は狭い。二段ベッドが所狭しとしつらえられ、息抜きのための場所は限られている。輜重兵の二人は、周りに気兼ねしながらも話を続けた。

「昭和十三年、二十三歳で中国戦線に配属されたのが一回目だわ。一年御奉公してから解除になって、名古屋に帰って洋服屋をやっとったんだわ」

横田修一は苦笑いしながら、両手で運針の動きを真似た。

「なんでまた名古屋の人が、私ら奈良の第三十八連隊にいあはるんやろ」

「小山さんと言ったかね、あんた。そこいらのことあんまり知らんようだね」

「横田さんは知ってはるの」

「二度目の兵隊さんだがね。初年兵さんとはわけが違う。これから説明してあげるわ。わたしら第二十九師団は、名古屋を編成地として昭和十六年に、第三師団から分かれて独立したんだわ。日米開戦に備えて兵力を増強するためだね。その時の歩兵部隊は、第三師団に所属する豊橋の歩兵第一八連隊だけだった。そのあと、第十四師団から松本の歩兵第五十連隊、第十六師団からあんたがた奈良の歩兵第三十八連隊が編入された。歩兵以外の兵種部隊については、名古屋の留守第三師団補充隊が当てられたんだね。だからね、各歩兵を除けば、あとはほとんど名古屋の兵隊さんというわけだがね」

なるほど……やっと腑に落ちたと見えて、小山は人のよさそうな浅黒い顔で何回も頷いた。

貧しいながらも平和な農村で、田畑を耕している人たちまで、まして三十歳に手が届く年嵩《かさ》の長男まで徴兵せざるを得ない。それを思うと横田修一は、不憫にかられ、思わず背筋に冷たいものが走った。

「いろんな連隊から兵隊をかき集めんと部隊が編成でけへんのやろか？」

一層声を潜めた小山が、日焼けした顔を曇らせた。

「五十連隊にゃ、仙台や岐阜の兵も来とるくらいだ。ソロモン諸島のガダルカナル島でこっぴどくやられてから、負け戦続きだからな。大勢の兵隊が死んだ。死屍累々だ。餓死した者も少なくない。だちかんわ。明け透けに言うならばだ、針とハサミが馴染みの持物だよ、洋服屋は。その洋服屋に、よりによって銃剣なんかを持たせるほうがお門違い。そんな不釣り合いな連中ばっかなのに、ようやっとるほうだわ、わが軍は」

「刀折れ矢尽きるまで奮闘して、みんな死んではるんやね。玉砕というと勇ましそうやけんど」

首をうなだれた小山の頭頂は、髪の毛の隙間から白い頭皮がのぞいている。

「あんただって、鋤と鍬を持った手で、人殺しなんか嫌だよね。手を汚したくはなかろう、アメリカ人の血で」

「泥で汚しても、血で汚すのはごめんやわね。たまに、一刀彫りの鑿を滑らせて血で汚すへまはするんやけど」

小山はそう言って、懐から小さな木彫りの人形を取りだして拝んだ。

「この人形は出征の日、父親が持たせてくれたお守り。細工が細かくて感心する。父は一刀彫りの名人なんやで」

小山は得意げな表情になった。

「いや、わっしは死なん。とことん生きて、もういっぺん針と糸を持ってやるわ」

そう言って横田も、その一刀彫人形に手を合わせた。


三隻の駆逐艦に守られた船団は、釜山から広島市宇品に入港した。補給基地である宇品では、三菱広島製の陸上機械をはじめ、入手可能なあらゆる新型重火器と、ドラム缶に入った石油燃料や水食糧を、あらかじめ確保された船倉に積み込んだ。宇品寄港を、本土帰還と取り違えた兵員たちの心情は、早合点の誹りを免れないが、南方における友軍苦戦が明らかな時節だけに、それは笑うに笑えぬ勘違いであった。

二月二十五日宇品出港の日から四日目、うるう二月二十九日、乗員たちの気がかりが現実となった。太平洋上フィリピン海に浮かぶ沖大東島、別名ラサ島南方海上二百キロメートルを航行中、米国潜水艦の魚雷攻撃に遭い甚大な損害をこうむったのだ。片波、沖波、朝霧と三隻の駆逐艦が護衛していたに拘わらず、米海軍タンバー級潜水艦トラウトが、三発の魚雷を発射した。この艦級の米国潜水艦には魚雷管制用コンピューターが装備されており、命中率は非常に高い。

三隻の輸送船のうち、崎戸丸は被雷炎上して致命的被害をこうむり、熱帯の海底に跡形もなく没した。四千名にのぼる乗員のうち、歩兵第一八連隊隊長を含め、約二千三百名が戦わずして不帰の人となった。しかしながら千七百名の兵士は九死に一生を得てサイパンに避難上陸した。

そのサイパンにおいて後日日本本土から援軍を得て、第一八連隊は師団部隊として戦力回復を成し遂げたのだった。壊滅を乗り越えた奇跡的再生を待って、連隊は最終目的地であるグアムに南下移動した。

歩兵第三十八連隊は三月四日グアムに上陸を果たした。第一船倉被雷の安芸丸は、三十人の犠牲者を出したものの、沈没を回避できたおかげで予定どおりのグアム到着となった。歩兵第五十連隊は、当初予定の第十八連隊に代わって、サイパン南に位置するテニアンに上陸した。これにより、南部マリアナ地区防衛配備は、とにもかくにも一応の完了を見たのだった。

しかしながら、横田修一の気は晴れなかった。安芸丸被雷時、急ぎ駆け降りた船底機関室で目の当たりにした無残な有様が、繰り返し浮かんでは消えた。手足をもぎ取られて呻く者。内臓が引き裂かれ血にまみれて即死した者。鉄片を全身に受けてもだえ苦しむ者。機械油と血液の匂いが入り混じった空気の中で、茫然と立ちつくした修一は、この戦いの苛烈さが身に染みたのだった。

西太平洋ミクロネシア、オーストラリア大陸遥か北方にグアムは位置する。紀元前よりチャモロ人の住む平和な島であった。島民はおもに漁労に勤しみ、周年暖かい熱帯性気候のおかげで、島民の生活は穏やかだった。時折訪れる台風の被害は年によって、漁場と住居を壊滅させるほど激甚となったが、人々は挫けることなく立ち直った。暮らしと風土は沖縄、ハワイに似て南洋の楽園と呼ぶにふさわしかった。

一五二一年、西欧の毒牙が平和なグアムを襲った。ポルトガル人マゼランがグアムに上陸したのだ。その結果、帝国主義国の植民地獲得政策の餌食となり、一五六五年から三百三十三年間、この島はスペインの支配を受けた。伝統的なチャモロ文化は衰退し、好むと好まざるとにかかわらず、キリスト教カトリック文化が浸透し続けた。

チャモロ人はスペイン人だけでなく、中国人や琉球人、アメリカ人、フィリピン人、ドイツ人などとの混血が進み、純粋なチャモロ人は姿を消したと言われている。スペインが強引な選別政策を押しつけ、チャモロ人の男性を皆殺しにした上で、諸外国から男性をかき集めてきたという説もあるが、真偽のほどはわからない。

一八九八年、米西戦争に敗れたスペインはグアムを放棄。代わって、一八八〇年代から国民総生産世界一に躍り出たアメリカ合衆国が、グアムの統治を担うようになった。しかし支配国が変わっても統治実態に大差なく、西洋列強による植民地的支配が一九四一年十二月まで続いたのだった。

米国支配に終止符をうったのは、チャモロ人と同じアジア民族の日本だった。一九四一年十二月八日、真珠湾攻撃の当日、興奮冷めやらぬ日本軍は、電撃的にグアムに侵攻し、際立つ抵抗もなく米国政府統治機構を根こそぎ壊滅させた。その呆気なさに、日本軍陸戦隊員は驚くと同時に深謝の思いを禁じ得なかった。五千人を擁する敵軍を前に、グアム守備隊長マクミリン海軍大佐は、潔く降伏したのである。内心忸怩《じくじ》たるは言うに及ばぬが、五十人の戦死者を出しながらも、残る六百人の命を守ったのである。

日本軍兵士の中には、口々に腰抜け、臆病者などと揶揄する声が多かったが、彼らですら、その本心は違っていた。負け戦には、むやみに猛進せずと言う、両軍兵士の命を尊ぶ指揮官の判断に、心の中で手を合わせた。意味のない殺し合いはご免だし、戦争に勝るものこそ人命である、との真理に触れる感動が溢れた。

日本陸海軍によるグアム侵攻から三年と三ヶ月。一九四四年三月四日、歩兵第三十八連隊は、海軍守備隊と南洋興発が先駐するグアムに到着した。

二月二十日満洲遼陽を経って十日余り。三隻の輸送船のうち一隻は米国潜水艦による被雷沈没の憂き目を見たが、安芸丸は軽微被雷にとどまり、三十人の犠牲者を出しつつもグアムの土を踏むことができた。

いざ上陸となれば、横田修一が配属される補給中隊輜重兵はにわかに活気を得て多忙を極める。輸送船据え付けの起重機と、使役する現地島民とを動員して安芸丸に満載する積み荷を陸揚げするのである。

一万トン級を誇る安芸丸。最下層の第一船底には、戦車、山砲、野砲、機関銃など多くの重火器と弾薬、石油。その上の第二船底には、食糧とさまざまな生活物資が満載されている。

揚陸艦と異なり、民間海運会社から徴用した輸送船では、荷積み荷降ろしにことのほか手間取る。人手に頼る作業が多いだけ、より危険をはらんでいるのだ。輜重と兵站を担う補給中隊の兵長である横田修一にとって、この行程はいつにもまして注意力と観察力を要する場面だ。

大勢の作業員が、安全に、滞りなく船荷を船外に運びだす。力仕事だから、慣れない者の中には、足元のおぼつかない者がいる。荷物を海中に落としかねない作業員の機先を制して、荷役の手助けに向かうのが重要な任務でもある。

ただしこのグアムでは、満洲とはいささか事情が違っていた。というのは、日本語が通じる現地人の助けが得られたためだ。南洋島嶼部において事業を展開する国策企業、南洋興発の関係者である。

南洋興発は、北の満鉄に例えられる国策企業である。しかし経営基盤の脆弱性により、南洋諸島放棄を主張する一団が現れるなど、満鉄ほどの影響力はない。現に、戦況逼迫の今般、グアムに配置される要員はたった数人でしかない。

「この平良賢照《たいらけんしょう》君が通訳してくれるので兵長、どうか気の済むように指図してやってください」

海軍守備隊の田口が、隣に立つ丸腰の男を顎でしゃくった。

「ありがたいがね。命令の行き違いが減って何よりだわ」

修一は右手で平良に握手を求めた。すると平良は、気をつけてください、と言って握手に応じた。

「気をつけよとは？」

修一が怪訝《けげん》な表情になると、

「いやね、住民感情がね。あんまり芳しくないんだね。田口さんはよく知っているはずね。沖縄とは全然違うし、日本統治のサイパンやテニアン、パラオともかなり違うさ。南洋興発は農地開墾でグアム島民と協働していたのでよくわかる。心の中で反感が渦巻いているね。五十年近くアメリカ領だったのだからそれも当たり前なんだね。みんなアメリカがだい好きなんです。ほんと、自由だったたねやっぱり。押しつけはほとんどなかったんだよ、三年前まで」

「……どうしたらいいのかね。命令は伝えんといかんしね」

思案顔になって、修一は平良との握手を放した。かたくなな島民の心。予想外の難題を突きつけられて、ガックリ肩を落とした勢いも手伝った。

「命令は仕方ないよね。要は食べ物ね。食べ物の恨みは恐ろしいと言うでしょう。大勢の日本軍が突然やって来て、みんながパンの実やバナナやマンゴーを片っ端から奪い取ったら、島民の食べ物ほんと、すぐなくなっちゃう」

「そいつは心配要らない。向こう半年分の糧食は持ち込んでいる。どこか貯蔵に向く場所に糧秣庫を建てて蓄えておく手はずになっている。あなた方の食べ物にはいっさい手を付けない。きっと約束しましょう。今、パンの木と言われたが……」

「パンの実と言ったね。焼くとパンの匂いがするパンの木の実です。本土にはないさ。まあおいおい、この島にしかない珍しい物に出会うでしょう、横田さん。ところであなたはとても優しそうね。とっても喋りやすいわけさ。だからみんな信用するねきっと」

やっと顔をほころばせた平良が、再度握手を求めた。

「横田さんは輜重兵さんだからね。敵性語の英語で言えばロジスティク。血気盛んな歩兵さんとはちょっと違うんだ、平良君。人当たりが柔らかいんだよ」

「輜重兵輸卒が兵隊さんならば、蝶々トンボも鳥のうち……兵站を軽んずる歌だわ。歩兵からは軽蔑の的。だからガダルカナルみたいなことが起きる」

「闘って命を落とすのではなく、飢えて死ぬ兵隊が大勢出る」

田口が口惜しそうに顔をゆがめた。

「本土から出た輸送船が、何隻も潜水艦に沈められたのも、対潜哨戒機より戦闘機製造を優先させたからだ。つまり、輸送計画の杜撰さのせいだわ。しかも、輜重兵に割り当てられた弾は、小銃弾三十発と手榴弾二個だけだ。こんなんじゃあ戦えんわな」

「横田さん、軍事機密、軍事機密」

田口があわてて唇に人差指を当てた。そうかもしれないと感じつつも、横田はおかまいなく、

「ほんとのことだわ。もともと、小さな島を死守する戦闘では補給が生命線。援軍と援助物資が届かんのなら万事休す。島内戦力を推計して、その二倍三倍の兵力で押し寄せる敵には端っから歯が立たんわ。偉いさんたちだって判り切っているはずだ」

平良が聞いているのにも構わず、鬱憤を晴らすように修一がまくしたてた。

グアムに上陸した日本軍は、その日のうちに現地人の住居を接収して住処《すみか》を確保。翌日から休む間もなく、グアム要塞化の活動を始めた。現地人に米国と通じる者がいると想定

し、作業はほとんど日本軍のみで進めた。

歩兵部隊は、予測上陸地点のアガット湾日本名昭和湾と、ハガニア湾日本名明石湾の南部、アサン海岸日本名浅井海岸一帯にドラム缶爆弾埋設と塹壕構築などに邁進した。さらに沿岸海域には、上陸用舟艇と海兵隊員の前進を妨げるため、鹿砦《ろくさい》、拒馬《きょば》、鉄条網などの障害物を千個近く配置した。

戦闘用の工作物設営作業とは別に、新鮮な野菜を入手するために、修一らは独自の畑を切り開いた。島民の所有する土地を接収することなく、手ずからジャングルを農地に変えた。また、工兵隊は広大なジャングルをダイナマイトで破壊して三つ目の飛行場造りと、奥まったジャングルにはそこかしこに、夥しい数の戦闘用蛸壺を掘削した。

陣地構築と並行して、独立混成第四十八旅団、戦車第九連隊、野戦高射砲大隊と相次いで陸上部隊が増強された。航空部隊も抜かりなく、零戦と銀河、一式陸上攻撃機が配備されて、空母による空中戦にも応戦可能な戦力が確保されたのである。

三

一九四三年六月、ジョージア州サバンナの町ともしばしお別れの時が来た。一年を通して温暖な気候に恵まれ、美しい海をはじめとして豊かな自然が人々を取り囲む美しい町。ほかのどの町より住み心地が良い。そいつは太鼓判だ。もっとも、十九歳になるアンソニー・ファーラーは、これまでほかの町に住んだ経験はないのだが。

両親兄弟が引き止めるのにも耳を貸さず、海兵隊に入隊してはや三か月。アンソニーは隣接するサウスカロライナ州のパリス島で新兵教育を受けた。これまで十九年間、まったく縁のなかった責め苦の連続。辛くて、過酷で、気絶しそうな、この世のものとも思えぬ耐え難い訓練だった。

しかし、命が縮みかねないその訓練が終了し、歩兵学校を経て、一九四四年年明けからは、カリフォルニア州サンディエゴにあるペンドルトン基地に移る。そこで、待ちに待った実戦部隊配属が決まる。

宣戦布告前に卑劣な先制攻撃を受けた。不意打ちを食らって甚大な被害を被った真珠湾奇襲。英国相手にシンガポールでも日本はその手を使った。米英の宿敵である卑怯者日本軍に、正義の反撃を加えねばならない。アンソニーの揺るぎない思いが現実となる。恐れることは微塵もない。勇躍邁進するのみだ。

正直、日本海軍の作戦には腹が立つ。はらわたが煮えくりかえると言ってもいい。日本がアメリカに八割を依存する石油。その禁輸政策が原因だなどと、いかがわしい言い訳を並べたててはいるが、要するに真珠湾攻撃が宣戦布告以前の無法な急襲であることに疑いなどない。全アメリカ人の偽らざる心情だ。日本は紛れもなく、善良なる隣人アメリカの憎むべき敵となったのだ。ただ、コロラド州知事カーだけは日本人強制収容に猛反対しているへそ曲がりだ。

一九四一年十一月二十六日、択捉島単冠《ヒトカップ》から、日本海軍機動部隊が静謐な冷気のなか出撃した。大型空母赤城と加賀を含む六隻の空母と、三百九十九機の艦載機が集結した大所帯であった。

日本本土、大分県佐伯湾を出港して択捉につくまで、赤城の乗員たちは、支那戦線に参加するとの憶測に傾いていた。誰一人、米国との開戦を予測した者はいなかった。赤城にあって指揮をとる機動部隊司令長官、南雲忠一中将が真珠湾攻撃作戦を乗員の前に明らかにして初めて、乗員は任務の重大さに唖然とし、緊張で身が引き締まったのだった。

ただ、大半の乗員の脳裏に去来する拭いきれない危惧があった。それは、この大艦隊が米軍のレーダー補足網をかいくぐり、果たしてハワイ近辺数百キロまで到達できるかどうかという疑念である。

艦載機の往復航続距離を考慮すれば、空母艦隊はかなりハワイに接近しなければならない。それを思うと、乗員たちは歓喜爆発というよりむしろ、疑心暗鬼にならざるを得ないのであった。

第一、もともと国力の差を認め、日米開戦に否定的だった山本五十六元帥。どうしてその人が、米国歴史上前例のないアメリカ本土攻撃に突き進むのか。アメリカ国民を激怒させるような暴挙に走るのか。乗員たちは心密かに不安を募らせていた。

択捉島から出航した大艦隊だが、かなり北に偏した航路のせいで、航海はあくまで平穏だった。通常の商船や軍艦が選ばない非常の航路を行く間は良いとしても、やがてハワイ海域に入る。米軍の高性能レーダーが補足し得ないはずはないのだ。にもかかわらず進むとなれば、ひたすら幸運を祈るしかない。一か八かの博打にも似た作戦なのだ。

真珠湾に侵入した日本人は、ハワイを自国領土とでも思ったか。日本人の向こう見ずには呆れるばかりだ。素手でもって重火器に歯向かう愚行だ。これっぱかりも勝ち目などない、切羽詰って選択した、やむにやまれぬ戦争としか思えない。やはり、石油禁輸がそうさせたのかもしれない……アンソニーは、日本人の苦悩にわずかだが思いを重ねた。

ペンドルトン基地に着いたアンソニーは、配属された部隊に集う同僚たちと、戦うべき相手である卑怯な国日本について、語り合った。当然、揶揄と誹謗に終始して、あまりすがすがしい会話ではない。

軍事訓練が終わり疲労困憊した兵士の昼食がすめば、おのずから話題は敵に向けた悪口雑言だ。

「まあ、度胸は認めてやるよな。頼みのアメリカから石油が入らなくなって、慌てふためいて挙句前後不覚になったんだ」

腹ごしらえがすんだアンソニーは、うすいコーヒーを啜った。

「気の毒な制裁だったとはいえだ、生産力が十倍以上も勝る強国アメリカに喧嘩を売ったんだからな、空度胸はある。腹切りの連中だからな、自殺行為も厭《いと》わないんだ」

テキサス出身のデレク・ブライアンがフィィリップモリスをくゆらせた。

「真珠湾じゃあ、特殊潜航艇は全艇帰還予定だったらしいが、今じゃあ行ったきり戻ってこない決死隊になっているそうだ。日本の兵隊は哀れなもんだ。人間扱いされていないんだからな」

地元カリフォルニア出身、フィル・ダンバーは、根っからベンソン・アンド・ヘッジスの愛煙者だ。アメリカ原住民の血筋だが、居留地出身ではないことを鼻にかけている。

「いいんだよ。奴らはそれが天皇への忠誠だと教育されているんだ。奴らを神がからせる張本人が天皇だが、まあ人間に変わりなどないさ。そいつを証明しようとしたのかどうか知らないが、ルーズベルト大統領が死んだ日本兵の骨を加工して作ったペン先を使っていたのは、頂けないね。妖怪じみていて気味が悪い」

「だから鬼畜などと揶揄されるんだ」

「今は止めたらしいぞ、さすがにな。そんな姑息な方法に頼らずだ、死んで天国いや、天皇のもとにいけるというのなら、神がかっていようといまいとだ、俺たちがさんざ殺戮して回って片っ端からそこに送ってやろうじゃないか」

デレクの顔に不敵な笑みが浮かぶ。

「ナチスのヒトラーはユダヤ人根絶を狙っている。そんな誇大妄想でさえだ、遠慮しているんだ、米国本土攻撃などという暴挙はな。車椅子生活の大統領だからといって、弱き者に同情的だとは限らない。いったんアメリカを激怒させたら、完膚なきまでに叩きのめされるとわかっているからだ。それを知りつつしでかした真珠湾だ。日本人は思いあがっているとしか言いようがないだろう」

「されどだ、日本艦隊がハワイ近海に集結するまで、ハワイ要塞の監視網は手をこまねいていたのか？日本艦隊はとほうもない距離を航海したはずだが」

声をひそめてフィルが首を傾げた。

「何回もその兆候はあったのにだ、結果的にすべてを見逃すという失態を犯した。連中もだ、まさかジャップがいきなりアメリカ領土に斬り込むとは思ってもいなかったんだろう。フィリピンやグアムが関の山だと高をくくっていた。そこは正直、われわれの落ち度だったろうな」

アンソニーは、かねて心にわだかまる本音を吐いた。

「彼らは懲罰ものだ。過ぎたこととはいえども、まるっきりの職務怠慢だよ。おかげで、名誉挽回に突っ走る大統領様は、俺たちの命など眼中にないようだ」

「捻《ひね》くれた奴は、政府がわざと日本海軍の暴走を見逃したという説にも一理あるというぞ。復讐の口実作りだという読みだ。まあまあ、そこいらは深読みのしすぎだという気はするが、もしも真珠湾で叩いておいたら、こんなざまにはなってない」

唇をゆがめて、フィルが煙を吐いた。

「プロパガンダにのるかそるかはどうでもいいよ。それより、俺たちはどこに行くんだよ。ミクロネシアのどこかの島なのか、それともフィリピンなのか。どこに行ってもだ、口は慎んだほうがいいぞ。真っ向軍部批判は懲罰ものだ。軍法会議はごめんだからな」

心なしか表情を硬くしたフィルは、半分以上残したベンソン・アンド・ヘッジスを、アルミ皿の上でもみ消した。

「小耳に挟んだのだが、ソロモン、マリアナ、マーシャルの島嶼部は大方我が軍が制圧したようだ。日本軍は食料と燃料の補給に苦しんでいるらしい。なにしろ近頃は、一日一隻の割合で、輸送船が我が潜水艦に撃沈されているらしいからな。制海権は我が軍にあるとなれば、次はフィリピンもしくはグアムだろうよ。そしてそこいらに目途がつけばだ、いよいよ台湾、沖縄がお待ちかねだ」

神色自若の気配を漂わせるデレクが、不敵な面構えから、自信満々の薄ら笑いを浮かべる。

「だが、沖縄は日本本土と同じだ。一八七九年に日本が編入したんだ。敵の本土に上陸するとなりゃあ、俺たちも相当な覚悟がいるぞ。反撃だって苛烈になる」

「沖縄全土を焼きつくすくらいの心積もりがいるかも知れん」

「四年前だぞ。ハワイが日本軍の餌食になったのは。ハワイは一九〇七年にアメリカ合衆国の州となった新参だ。新顔には新顔を当てたらいいんだ。ハワイの仕返しは沖縄だ。それほど先じゃあない。時間の問題だろう。爆撃機ばっかり造ってだ、潜水艦哨戒機をおろそかにしたジャップの大誤算なんだよ」

アンソニーはまなじりを決した。待ったなしの敵愾心を自分自身にたたきこんだ。

四

一九四四年七月十日、グアムにその時が来た。南部の西海岸沖合遥か海上に、黒船もどきの米海軍大型巡洋艦が忽然と姿を現したのだ。その数十隻余り。威風堂々として、恭しくもあり、また仰々しくもある。威容を誇示する獰悪の輩《やから》そのものだ。

いきなり砲弾の雨を降らせぬ用心深さ。一方で、一隻二隻にとどまらず、十数隻の巨艦をうちそろえた小憎らしさ。のっけから制空権、制海権掌握の自信をあらわに、日本軍守備隊に挑戦状を叩きつけている。じっと海上に留まり、黒船の一団は、いかめしくも不気味な沈黙を保っていた。

やがて、巨大戦艦から一艘のボートが海上に降ろされた。横田修一の双眼鏡がとらえたそのボートは、沖合から沿岸部に接近し、程なくまた沖合に戻って行く。その往復を何回も繰り返す様は、ふてぶてしい限りの沿岸調査と見てとれた。

島内に潜む日本軍は、忌々しさを募らせるばかりだが、長距離砲一門ない手薄な防御体制では手も足も出ない。大量積載した重火器の中に高射砲はなく、迫撃砲が主だったのである。海上には戦艦の洋上砦。海中には潜水艦の跳梁。なのにその日は、攻め込む行動は見受けられず、上陸地点の偵察で終始したもようだった。

「あのまんま、見境なく攻め込んできたのなら、飛んで火にいる夏の虫だったのに」

苛立ちを隠さず横田がつぶやいた。

小高い山の中腹にある洞窟。横田を隊長とする輜重中隊はその中に潜んでいた。

「こっちの思う壺に嵌《はま》ったはずやのに、残念ですな」

初年兵の輜重兵小山が、修一のかたわらで口惜しがる。

「敵もさるもんだわ。猪矢来《ししやらい》や拒馬みたいな罠はお見通しらしい。念には念をというわけで、わざとらしい偵察を俺たちに見せびらかす。やすやすと嵌ってはくれんな」

沿岸部に設えられた障害物がいかほどの物なのか。日本軍をあざ笑うかのように、偵察ボートは上陸地点までの海中と海面の状態をつぶさに調べ上げていったのだ。事前の上空偵察と洋上観察から、恐るるに足る重火器は皆無と踏んでいるようだ。目の前の敵のなすがまま、指をくわえてそれを見守るだけの自分たちはいったい帝国陸軍の兵隊なのだろうか。ひと泡もふた泡も吹かしてやりたいのに成す術がない。隔靴掻痒の極み。横田と小山は臍を噛むばかりだ。

そのあと三日間、米国艦隊に目立った動きはなかった。いかにして日本軍を追い詰めるか。既にして勝ち誇った米軍参謀たちが、鳩首謀議する悪夢にうなされたのは、横田一人ではなかったはずだ。その悪夢が現実となったのは、七月十四日であった。

一日二十四時間のうち、食事など小休止を挟んで二十時間、南西部アガト湾めがけて艦砲射撃と空爆が交互に繰り返された。日本兵が突貫作業で拵えた海岸、海中の障害物は言うに及ばず、砂浜に木陰をもたらす南国特有の樹木すら、一本残さず木端みじんに吹き飛ばされたのだ。一週間続いた艦砲射撃によって上陸作戦遂行を妨げる邪魔者を取り除き、海兵隊上陸に向けて、米軍はあらゆる条件を整わせつつあった。

七月二十一日、第一臨時海兵旅団第四海兵連隊のアンソニー・ファーラーは、背後の揚陸用戦艦と、はるか沖合の戦艦群を振り返った。朝焼けも去った午前7時、上陸用舟艇の最後尾から眺めると、怒涛のごとく押し寄せる第四海兵連隊と第二十二海兵連隊のうしろには、夥《おびただ》しい数の戦艦、重巡洋艦と輸送船や空母、都合七十隻が雄雄しく控えている。おまけに空母に待機する戦闘機が一千機になんなんとするとなれば、申し分なしの勝利を約束する鉄壁の備えだ。

兵員数も敵を圧倒している。優に日本軍の倍はあろうという大人数だ。島攻めの鉄則にかなっている。つまり、考えうるいかなる条件を考え合わせても我々の優位は動かない。たとえ日本兵が、死を微塵も恐れずしゃにむに立ちはだかったとしてもだ、結果は目に見えている。

艦砲射撃が一息つくと、空母から飛び立った艦載機が餌に群がる獣のごとくアガット湾に空爆を見舞う。これまでの砲撃で粉砕した敵工作物をさらに粉々に砕き、土と砂を溶岩噴火のごとく高く高く巻きあげる。

俺達にはこの上ない福の神だが、山影やジャングルに潜むジャップの心境は推して知るべしだ。猛攻を目の前で見せつけられて、臆病風に吹かれ震え上がっているに決まっている。まあ、武者震いはお互いさまだろうが、袋の鼠のジャップの野郎どもは、生きた心地がしない断末魔だろう。

アンソニーは舟艇のへりにしがみついているフィルに叫んだ。

「ジャップの間抜けどもめ、今頃は奈落の入口で固まっているぞ」

「心臓が沸騰しそうで何も聞こえねぇんだ。第五艦隊はうるさすぎるぞ」

ヘルメットの下の顔をクシャクシャにしてフィルは上空を見上げた。ニップだけじゃない。味方といえども、爆音地獄の恐怖だ。

空母を飛び立った艦上機が、獲物は俺のものと言わんばかりに砂浜と沿岸に集中砲撃を浴びせる。破壊対象などとっくにありはしないというのに、耳をつんざく爆音の中、紺碧の空が忽ち機影と黒煙で暗黒に代わり、この世のものとも思えぬ闇世界がひろがる。

いい気味だ、とことん叩き潰してやれ……

全身を巡る血液がわなわなと沸騰するのを感じながら、アンソニーは水しぶきを浴びつつ上陸体制に入った。ここからは大統領お墨付きの殺人機械になる。


第二十九連隊の輜重兵横田修一と小山敦は岸から奥まった小高い山の中腹にいた。斜面に穿かれた洞窟の中で、ひたすら恐怖に耐えていたのである。米軍の空爆と艦砲射撃が収束するまでは、じっとしていなくてはならない。戦闘部隊の歩兵とは異なり、輜重兵が最前線の実戦に加わることはないのだ。

悲しいかな、輜重兵には飛来する弾丸と爆撃機を迎え撃つ火器が与えられていない。しかしこの島にあっては、戦闘部隊の歩兵さえも、まっとうな防戦能力はない。高射砲は急傾斜の斜面には据え付けられない。機銃掃射もはるか沖にはとうてい届きはしない。抵抗する手立てを持ち合わせないのだ。

迎撃弾丸の皆無をいいことに、思いあがったアメリカの攻撃は苛烈を極めた。爆音と地響きは凄まじく、ヤシの木や休息小屋はもとより、この四か月間に突貫工事で造り上げたドラム缶爆弾、砲台、塹壕が次々と破壊尽くされていく。

修一はわなわなと震え、上の歯と下の歯が軋り合った。待て、待つんだ、待つんだ、待つんだ。弾は僅かに三十発しかないのだ。一発だって無駄にはできない。

「横田はん、はよう撃たんとこっちがやられちゃうよ」

痺れを切らして小山が苛立つ。小銃を乱射したい気持ちはわかるが、そいつはもってのほかだ。撃てば居場所を悟られる。考え抜いた上官の命令に背けば、軍法会議ものだ。全軍に下された命令は、敵が上陸したのを待って攻撃に出ろ。それまでは発砲すべからず。しかし野砲はその限りにあらず。射程一キロにも及ぶ迫撃砲なら、上陸前後の舟艇を攻撃できる。弾が届く。だからそれは砲兵隊だけに許された攻撃だった。

敵上陸用舟艇が海岸に百メートルまで接近した時、横田のこもる山の洞窟で待ち構えていた第一大隊の迫撃砲、山砲、速射砲が火を噴いた。殺到する三百隻になんなんとする上陸用舟艇のうち、十数隻が撃沈された。しかしそれ以上の戦果はなかった。

味方被弾で日本軍の重火器のありかを確認すると、沖合三キロメートルに陣取る巨大戦艦が再び艦砲射撃の口火を切った。把握できた日本軍火砲陣地の正確な配置場所を目がけて、巨大砲の強力爆弾が絶え間なく撃ち込まれる修羅場となった。時を経ずして、第一大隊砲兵隊は壊滅に追い込まれた。

一部上陸用舟艇は撃破されたが、大半のそれは無傷のままであり、戦車を先頭に押し寄せる海兵隊兵力は恐るべき怪物の群れであった。岸辺に迫る崖の洞窟でどうにか被弾をかわした日本軍歩兵第一中隊は、鬼畜たる海兵隊が迫りくるのを待ち構えていた。一週間前とっくに軍旗は奉焼済みだ。死ぬ覚悟は出来ている。

来たな……修一と小山は洞窟で腹をくくった。上陸用舟艇と揚陸艦から戦車と兵隊がどっと砂浜に吐きだされた。その時を待ちかねて、山陰に潜んでいた第一中隊を率いる大原大隊長が自ら先頭に立って敵陣に斬り込む。小銃を乱射しながら前進する歩兵も敵兵に死闘を挑みかかる。海岸は、日米が肉弾戦に突入する決戦場となった。

銃剣錯綜の交戦はしばし続いたが、戦車の出現によって呆気なく決着した。火を噴く鉄塊の前に、大隊長と歩兵を含め第一中隊は全滅した。その有様を目撃すると、輜重兵は反撃を中止した。応戦の手立てがない以上、攻撃を今すぐ切り上げジャングルに掘った蛸壺に逃げ込むしかなかった。

アガト湾に上陸したアンソニー・ファーラーは友軍の上陸用舟艇が十隻余り撃破されるのを目撃した。しかしそれ以上の損害はなく、二百八十隻の舟艇が健在だ。沖に浮かぶ戦艦と巡洋艦が的確な艦砲射撃によって、敵軍の火砲を殲滅したからだ。水陸両用戦車を先頭にアンソニーが上陸した時には、敵軍砲撃はすっかり鳴りをひそめていた。

第四海兵連隊が無事上陸にこぎつけると、味方の艦砲射撃は休止した。いよいよ陸戦部隊が前面に躍り出て、命を的に血で血を洗う戦いとなる。地上が地獄と化す。恨むなら、お前らを戦争に駆り立てる連中を恨め。俺たちは命令に従うのみだ。

戦車を先頭に進撃を開始しようとした海兵隊は、時を経ずして、日本軍第三十八連隊と相まみえた。戦車を目がけ、抜刀した千名余りのニップが襲いかかってくる。隊長らしき兵隊が猛然と突進してくる。日本刀を振りかざす命を盾の肉弾戦だ。決死の形相で向かいくるその姿は鉄の鎧をまとっているようにも見えた。このままでは危ないと思ったその時だ、戦車の主砲が火を噴いた。一瞬にして敵兵はアンソニーの目の前から消えた。しかし隊長を欠いても日本兵は、しゃにむに襲い掛かった。戦車の無限軌道に手榴弾を投げ込む者。銃剣で海兵隊に切り付ける者。海岸はしばらく、日本兵たちの狂気で混乱を極めた。

米軍上陸作戦を待たず、グアムに派遣された日本軍の戦闘機はすでに全滅していた。敵空母艦載機との空中戦は避けがたく、零戦や銀河、一式陸上攻撃機はことごとく撃墜され、ただの一機も残ってはいなかった。日本本土からの増援部隊は望むべくもなく、見え隠れする玉砕の恐怖を感じつつも、日本軍はまさしく死力を尽くして奮戦したのだ。

炎天下交えた白兵戦に敗北した日本軍は、暗闇の到来を待って夜襲を仕掛けた。残り少ない兵力が魂の結束で一丸となり、捨身の起死回生を狙った。照明弾が炸裂するなか、敵兵の隙をつく攻撃が奏功して、米軍の上陸地点近くまで攻めかえした。しかし、反撃はそこまでだった。M4シャーマン戦車の破壊力はすさまじく、爆弾を抱えて無限軌道に飛び込む特攻戦術も成果が上がらなかった。

歩兵第三十八連隊は、米軍上陸一日にして武運拙く壊滅した。しかし兵士全員が戦死したわけではない。運よく命拾いした兵士たちは、散りじりになってジャングルに逃げ込んだ。それぞれが独自の裁量で、グアム防衛隊司令部を目指す行動を余儀なくされた。

孤立した横田修一率いる補給中隊も、第二十九師団司令部のあるハガニア日本名明石に移動を決定、師団司令部の指揮下に入る意志を固めた。手持ちの銃弾、手榴弾の数が限られるなか、戦闘を続けるためにはそれしかなかった。百名余りの兵士たちは、最前線から決死の逃避行を強行し、ジャングルの奥に逃げ込んだ。

五

私の祖父はグアムでも戦ったんだよ……スコット・ファーラーが空を仰ぐと、オスプレイが、忍びやかに頭上を滑翔して行く。

「グアム戦のあと、ペリリュー、アンガウルと激戦が続いて、日米双方に大勢の戦死者がでた。特に、日本兵が米兵の何倍も多かった。兵士たちの命の重さが顧みられなくなってしまった」

そう言って健治は、オスプレイの残影を追った。

「負けるとわかり切っているのに、どうして日本兵は降伏しなかったのでしょうか？」

亀川が不思議そうに訊ねた。

「降伏、いや捕虜になることは、恥ずかしいことだと叩きこまれていたんだ。虜囚の辱めを受けず、という戦陣訓もある。それと、捕虜になったら本当に殺されると考えていたのかもしれない」

「人種差別があったと言う人もいますね。欧州戦線の白人捕虜には国際法どおりの処遇をしたけれど、黄色人種の日本兵捕虜は殺しても構わない。現に、多くの捕虜が殺害されたようです」

アメリカ人スコット・ファーラーの口から出た言葉に、健治と亀川は異論のあろうはずもない。

大義名分と言える確かな理由を掲げて戦争は引き起こされる。ところがいったん戦闘が始まると、肉弾戦によって斃《たお》れた戦友たちを憐れむ心情が兵士の心を包み込む。敵兵を憎む敵意と憎悪が心身に満る。

標榜する戦争の目的は二の次となり、怨嗟と殺戮が戦場を支配する。温血の通った命から冷血の通う命に変わる。人種的偏見はその冷血を一滴残らず凍らぜる。

健治、亀川、スコット、三人は美術館「おきみゅー」の資料閲覧室で、沖縄戦写真集を二冊見た。そのあと、美術館一階で開かれている沖縄復帰七十年を記念する、平良孝七写真展を鑑賞してから、博物館二階にある喫茶店に腰を落ち着けた。

亀川以外の二人は、故人の遺沢に浴するとも言える尽きぬ話をもっと続けたかった。互いにより多くを伝え合うことが、命を的に戦った亡き者たちのために、より深い供養になると思えたからだ。

「この博物館辺りも、シュガーローフの戦いで激戦の場所になったでしょう。ちょうど高台になっているようですから」

八卓あるテーブルのうち、窓際に配置された三卓は埋まっているものの、残りの一卓が空いているのは好都合だった。

「スコットのお祖父さんは、沖縄戦の前にグアムで戦ったという戦歴の持ち主ですね。沖縄とマリアナ諸島は太平洋戦争以前から交流がありました。沖縄からサイパンとテニアン、グアムに出稼ぎに行った人は多かったですね、戦前は。グアムを除けば、国際連盟から委任統治という名目で日本が統治を任されていた島です」

コーヒーカップを丁寧に置くと、亀川はまたマスクをつまみ上げた。

「おきみゅー」と呼ばれる沖縄県立博物館・美術館。館内を行き交う人々も、大半が新型コロナ感染予防のマスクを着けている。素顔のままなのは、欧米系と思しき外国人たちだけだ。

「サイパンとテニアンですか。グアムと同様、日米激戦の地。沖縄の人たちはマリアナ諸島でもひどい目にあっていたんですね」

健治は、ちんすこうを一つ摘んだ。コーヒーのつまみにちんすこうとは、いかにも沖縄らしい。

「口当たりの良いクッキーですね。程よい甘さだ。何と言うんですか？」

スコット・ファーラーが一本を丸ごと口に含んだ。途端に顔をほころばせ、にこやかに名前を訊いた。

ちんすこうと言います。亀川が即答した。

「名前の意味を知りたいですね。その響きにとっても興味があります」

スコットが、丸テーブルの下でひと膝進めた。

「呼び名については様々な説があるようです。これという決め手がないのかもしれませんね」

「色合いは、黄味をおびたベージュ。甘さもまろやかで、うっとりするような味わいに惚れ惚れしますね」

健治がそう言いながら、二個めのちんすこうに手を伸ばした。

「あの、失礼ですが、あなた、沖縄の方でしょう。うちなーんちゅよね」

一斉に三人が、いきなり割り込んできた声の主を見上げた。

金縁眼鏡をかけた白髪の女性が、腕捲りでもしそうな面もちで立っている。隣にあるテーブルにひとり残された中年男性も、口を半開きにして呆気にとられた様子だ。

「……もしかすると……」

「そうよ、ちんすこうのいわれよ。知らないなんて、うちなーんちゅ失格だわね」

遠慮のないお目玉に、亀川は明らかにたじろいだ。とはいえ言い返す言葉もない。知らないことに偽りはないのだから。

「偉そうね、私。ごめんなさいね。盗み聞きしていたみたいで、恥ずかしいわ」

女性がガラリと物腰を和らげ、亀川に微笑みかけた。

でも、知っていないとまずいよね。亀川が呟くと、

「かまわないのよ。気にしないで。ちんすこうの〝ちん〟は金の琉球読み。〝す〟は楚と書くのよ。とろけるような舌触りという意味でしょうね。〝こう〟は焼き菓子。ただそれだけのことよ。平良孝七さんの写真が語りかける意味合いに比べたらささいなものです。あなた方若い人はどうかしら、あの記録写真を見て何を感じましたか？」

椅子の向きをかえると、女性は亀川と対座して腰をおろした。

「……戦後七十七年。沖縄返還五十年ですよね。でも僕が生まれて二十二年。正直、戦後の混乱と混沌は想像がつかない」

「米軍基地も抗議運動も、今だってあるでしょう。辺野古移転は喫緊の課題よ」

「中国と北朝鮮が強面になって、なんとなくムズムズしてますね。今のままじゃあいけないんじゃないかと」

……あのう、とためらいがちに口を挟んだのはスコットだった。

「少年の写真がありました。一瞬の横顔を撮った白黒写真でした」

「もの憂げに佇《たたず》んでいるだけなのか、食い入るような視線で未来を見ているのか。少年の顔からは思いいたりません。無表情って、奥が深いのよね。終戦直後のうちなーんちゅはと言えば、誰もかれもあんな具合だったのでしょうね」

「あの年頃だと、沖縄戦当時は幼子だったはずですね」

無表情という言葉を意に介さず、スコットが自分の考えに同意を求めた。

「でしょうね。戦争ちゅう親たちは無我夢中、心を鬼にして我が子を守り抜きました。あの少年は、そのおかげで生きられたのでしょう。一方で、大勢の幼子たちが、親の擁護もむなしく命を落としました」

わが祖父の戦友が……、そう言ってスコットが数秒、青灰色の目を閉じた。

「ある海兵隊員が、民間人である沖縄の男性と女性に銃を向けました。そして、あろうことか、発砲してしまったのです。二人は亡くなりました。さらに彼は無慈悲にも、二人がおんぶしていた赤ん坊にまで弾丸を撃ち込んだのです。紛れもない戦争犯罪です。歴史上の事実に、タブーなどありません」

亀川はやっとそこで、スコットが少年の無表情に拘《こだわ》らなかった理由に察しがついた。表情のいかんよりむしろ、戦中の幼子が生きてあることに心が動いたのだ。長いあいだわだかまっていた心の澱を、今こそ吐き出したいという衝動にかられたのだ。

スコットの告白に、気色ばむ者はいなかった。戦後絶えることなく、人から人に言い伝えられてきた悲劇だ。その裏付けが取れたに過ぎない。ただ、健治と亀川だけでなく、白髪の夫人とその夫君。さらには、店の中に憩うすべての人たちを俯《うつむ》かせる悲憤に満ちていたことは確かだ。

祖父の記憶では……、スコットがふたたび話を続けた。同席する日本人が、誰一人口を開かないので、仕方なくスコットは祖父の体験に話を戻した。

「祖父の小隊が制圧区域を警ら中に起きた惨事でした。上陸作戦は成功したのに、まだ島内の空気は殺伐としていたようです。祖父の小隊は三人くらいの兵員で担当区域を巡回中でした。道の彼方から、数百人にものぼると思われる沖縄民間人の集団が迫ってきたのです。武器を携えている者もなく、大声で威嚇する者もなく、それは黙々と進む行進だったそうです。破壊しつくされた町の中で、寄る辺ない茫然自失状態の人々が、庇いあい寄り添いあって行動するのはあり得ることでしょう。なのに圧倒的な大衆の前進と行き会って、その海兵隊員は戦慄恐怖し、半ば狂気にかられて見境もなく、反射的に引き金に指をかけたようです」

「赤ちゃんがぐずって、泣きじゃくってでもいたのかしら」

俯き加減だった顔をゆっくりあげると、眼鏡の夫人が三人を見回しながら、か細い声を絞り出した。

「兵士がなぜお母さんと幼子を狙ったのかはわかりません。その行為を咎める者がいなかったのです。敵国の群衆と偶然に行き違って、兵士みんなが同じような恐怖を感じたからでしょう。もしかすると、彼らの中に手榴弾を懐に忍ばせた日本兵が混じりこんでいるかもしれない。そんな疑いが兵士たちの頭をよぎったのかもしれません」

「疑心暗鬼を生ず。極度の不安にかられると、人は思いもよらぬ暴挙に走るのかもしれません。その犠牲になるのは決まって弱い者たちですね。でも、なぜあなたは今、過去の悲しむべきあやまちを、私たちにあかそうとしているのですか」

戦後半世紀以上にもなる今、海兵隊員の無慈悲を暴露するスコットの狙いに、健治は首を傾げざるを得ない。七十七年前の傷口に塩を塗りこんだところで、痛くもかゆくもないと思えた。

「その隊員は婦女暴行という犯罪も犯しました。祖父は海兵隊の面汚しとして心底毛嫌いしていました。胸の内では撃ち殺してやりたいと思ったそうですが、さすがに手を下すことはできなかった。止めることすらできなかった自分を責めたそうです。ずっと、静まるはずもない良心の呵責にさいなまれ続けていました。だからこそ、今さらと訝《いぶか》られるかもしれませんが、そして、遅きに失したかもしれませんが、伝えること自体、亡き祖父の思いに叶うと信じるからです」

「平和の下ではまかり間違っても許されない残虐行為ですね。殺人も強姦も」

ようやく健治に、スコットの切なる訴えが届いた。

「暴力的なその兵士は、人種的偏見のかたまりだったのですか。欧州戦線のドイツ人やイタリア人にも同様の仕打ちを加えたのでしょうか」

亀川が率直に訊ねた。

「その男はニューヨーク育ちで上流家庭出身。ジョージアの港町出身の祖父とはそりが合わなかった。ただ、ふたりとも欧州移民の子孫です」

「投げやりで都会ずれした人間のようですね。生き馬の目を抜く都会で育っていると、心が荒《すさ》んでいくのでしょう。いわゆる、すれっからしですね」

塞《ふさ》いだ声になって夫人が嘆息した。

「戦闘行為として言い逃れのできる行為ならまだしも、強姦は到底許されません。彼は憲兵の追及を受けるはずでしたが、自ら発砲して体を傷つけ、巧妙に追及を逃れました。ずる賢い奴です。十五年前になくなるまで、真摯にその行為をかえりみる姿勢も一切なかったようです」

「日本軍の兵士にも、中国や朝鮮で同じような過ちを犯してきた者がいました。アメリカ人捕虜の殺害や虐待もありました」

「従軍慰安婦問題は、アメリカでも注目されていますね」

「戦争の狂気がもたらす悪行と言ってもいいですね。日本や朝鮮の女性を慰安婦として軍に同行させた事実。米国内に彼女たちをモチーフとする銅像が建てられたことを知りました。戦争中に、人倫の道を踏み外した者がいたのは日本も同じです」

健治がスコットをなだめた。憤りよりむしろ同情がまさって、矛盾する感情からか、めまいを生じた。

「従軍慰安婦報道は大いにアメリカ人を憤慨させましたね。彼女たちへの同情が広がった。戦争が引き起こす恥ずべき行為です。グアム沖縄戦では、斃れた日本兵の遺体から、金歯を切り取って持ち帰った兵士もおりました。死体の顔を刃物で傷つけ、口の中にある金歯を取り出すのです。おぞましい限りではありませんか」

「強固な軍隊も、規律第一を厳守する一枚岩じゃないんだ」

惜しげもないスコットの告白。軍隊の持つ隠された無秩序に、亀川は耳を疑う。

「結局は一人一人の人間だよ。各兵士の行為が決め手となって、組織の性格が決まるわけだよ」

「銃剣や雑嚢や腕時計などを遺体から奪い取ったという話は聞いた覚えがあるけれど、金歯までとはなあ。戦死者を特定する手掛かりまでを奪う罪深い行為だね」

自国の兵士を悪しざまに言うスコットに、健治は強く共感する。しかしそれは、なにがしかの日本兵が中国や朝鮮でしでかした狂行でもあるのだ。

「遺体に対する尊崇の念が欠片もない。とっても無礼な行為です。日本では、亡くなれば誰もかれもが、みんな仏様になると考えます。遺体こそ、神聖な存在なのです」

夫人が瞳の中に祈りを込めた。

「でも……名もなき仏様に限れば、哀れなものだよ」

それまで沈黙していた婦人の夫が、妻に語りかけた。

「名もなき仏様って？」

「摩文仁の丘や沖縄の大地に埋もれている戦死者たちだよ。戦闘中に倒れ、軍靴に踏みつけられ、泥にまみれて見すてられ、しかるべきお墓に葬られることすらない。それどころか、この頃じゃあ摩文仁の丘から土砂を削り取って、その土砂で辺野古の海を埋め立てようとする画策もある」

「長年摩文仁の丘で遺骨を集めている人たちが猛反対していますね」

いきなり立ちあがった亀川が、夫人の夫に二、三歩、歩み寄った。

「遺骨と土砂をいっしょくたにして海の底に沈めるなんて、無分別な企てだなあ。人情に厚い人間なら許せない。知らなかったのは恥ずかしいことです」

健治は、自分の不勉強が情けなく思えてくる。

「本土のほうでは、そこまで詳しく報道されないかもしれないわね。他人ごとにしか映っていないのよ」

苛立ちが抑えきれずに、夫人が遠回しに決めつける。

やんわりながら無関心をとがめられているようで、健治は言い逃れができない。とかく他人のもめごとに関わりたがらないのは世の習いだ。しかし、普天間基地の辺野古移転問題は、本土でも強い関心を持って報じられている。ただ、埋め立て土砂の問題は初耳だった。

良策を探し求めるうちにも、移転先に指定された辺野古では、日々着実に工事が進んでいる。反対運動に文句を言わせない既成事実を、時々刻々積み上げているのだ。

立ち止まらないのが為政者の手本と言わんばかりだ。その独善を苦々しく感じる日本人も多いはずだ。果たして、基地使用者であるアメリカ人にはどう映るのだろうか。

「スコットさんにひとつ質問があるけど、聞いてもらえるかな」

しばらく黙っていたスコットに、亀川が問いかけた。

「フテンマとかヘノコとか、耳なじみのない名前だね。基地の移転というのは、フテンマからヘノコに移るってことかな」

「初耳なら大雑把に説明しましょう。普天間基地というのは人口密集地にあって、周りの住民たちからずっと恐れられてきたんだ。時々事故も起きた。だから、よそに引越すことが決まった。その引越し先が、海と珊瑚のきれいな辺野古なんだ。美しい自然を破壊せざるを得ない工事になるし、よくよく調べたら地盤も脆いので、激しい反対運動が巻き起こった。摩文仁の土砂の問題がさらに拍車をかけたんだ。だけど現実のほうは着々と工事は進んでいて、もう引き返せないところまで来ているんでしょう」
・はしょりすぎが気になって、亀川は眼鏡の婦人と夫君の顔を交互に見た。年長者の助け舟を待った。
「工事が止められないからと言って、あきらめちゃあいけないわよ。ねえ、あなた」

「そうだね。たとえ基地が完成して運用が始まったとしても、あきらめてはいけないだろうね」

夫は百年河清を待つつもりらしい。

みんなの話を聞いていると……、スコットがまたゆっくりしゃべりだした。

「細かな経緯はわからないから、ちょっと乱暴な意見になるけど、そこを割り引いて聞いてほしい。私は筋金入りの環境保護主義者ではないし、軍事力否定主義者でもない。ですから命がけで自然環境を守りたいとも思わないけれど、不必要な自然破壊には賛成できない。そこははっきりしているよ」

「でもそうなると、米軍基地の行き場がない。離島に追いやるのも能がない」

「ほかの基地が協力して、普天間基地の役割を肩代わりするしかないでしょう。日本には世界最多の米軍基地があると聞いていますよ」

「百二十箇所ありますね。だけど、それができるくらいなら、とっくに米軍は問題解決に至っているはずだけど」

理想論で現実は変わらない。健治はスコットに控えめな反論を返した。

「意志の力だよ。初めから無理だと思えばできゃしない。何とかなると腹をくって当たれば、たいていの壁は突破できるんだ。現に僕は、この小さな木彫り人形の持ち主を探し求めて、祖父が戦ったこの地、沖縄にやってこられたんだから」

そう言ってスコットは、ジーンズのポケットに右手を伸ばした。取り出したのはコケシのような小さな人形だった。

全員、からくり人形の動きでスコットが取りだした木片に吸い寄せられた。

「この木製人形は、私の祖父が戦友から譲り受けたものです。グアムなのか沖縄なのかわからないけど、そのどちらかで闘い斃れた日本兵の持ち物だったのです」

ちょっと見せてもらえますか、と短く声をかけて、亀川が右手を差し出した。スコットはためらいなく人形を手渡してから、

「足の裏に細かい彫文字があります。確かな手掛かりになるといいんだけど」

淡い期待が瞳に宿り、目尻に数本皺が刻まれた。

とりたてて大きいとは思えない掌。スコットに比べると一回りは小ぶりな掌だが、そんな亀川の手にもすっぽり収まるくらいの大きさしかない木彫人形だ。

これは、大黒様ですね……一目見るなりそうつぶやくと、座っている健治に人形を手渡した。

大黒天に間違いないね……。

「打ち手の小槌が欠けているのは、この人形に降りかかった災厄のせいだろうね」

そう言いながら健治は大黒様をクルリとひっくり返した。スコットが足の裏と勘違いした米俵の裏に目を凝らした。細かく刻まれた文字は、漢数字の三と八に読めた。

六

一九四五年三月、アンソニー・ファーラーは、攻撃輸送艦の艦上にいた。同僚であるデレク・ブライアン、フィル・ダンバーとともにグアム戦を生き延びた三人は、目的地のわからぬまま、何週間も輸送艦に揺られている。グアム戦従軍の第一海兵臨時旅団から、今は第六海兵師団へと所属が変わった。第六海兵師団はガダルカナルで組織された新しい部隊である。

第四海兵連隊と第二十二海兵連隊を基幹とする第一海兵臨時旅団が、グアム戦のあとガダルカナルに帰隊。その二個連隊に、サイパンとテニアンで日本軍を全滅に追い込んだ第二十九海兵連隊を加え、第六海兵師団が編成されたのである。

一年弱にわたる合同訓練を終え、第六海兵師団が、ガダルカナルを出立してから約一か月。輸送艦から戦車揚陸艦に乗り換えて、アンソニー・ファーラーはカロリン諸島のウルシー環礁に上陸した。

沖縄侵攻前のウルシーで、アンソニーは友軍の戦闘機輸送船や日本軍の神風特攻機が行き交うのを目撃した。いよいよか、と不安を隠しきれない反面、やっと来たか、と静かに勇気を鼓舞する思いも生まれた。武者震いというやつだ。

深夜、第六海兵師団はウルシーを発った。揚陸艦に同乗する誰一人、向かうべき先を知る者はいなかった。しかし空が白み始めるころ、遠い洋上に、米軍の戦艦、巡洋艦、駆逐艦など数千隻と思える軍艦が集合し、ノルマンディー上陸作戦にもまさる艦隊群に、兵たちはおのが目を疑うほどであった。その時点で初めて、アンソニーは沖縄で戦うのだと知らされた。

一九四五年、エイプリルフールの四月一日の前日、第六海兵師団は、沖縄の島影を目の前にしていた。戦闘態勢は整っていた。五日前からすでに、艦砲射撃と空爆が加えられ、上陸の地均《じなら》しは完璧だった。

グアムでもそうだった……ぼそりとつぶやいたのはデレク・ブライアンだ。

「グアムがどうした?」

アンソニーが耳をそばだてた。

「いやさ、のどかな南の島なんだよな沖縄も。そんなところにまたグアムみたいに、俺たちは砲弾の嵐を降らしているのかと思ってな」

「なんだか腰が引けてるぞ」

「そうじゃないんだよ、な、フィル」

「そうさ。ビビッているわけじゃ全然ないぞ。小さな島を破壊し尽くす荒業だろう。敵兵を何倍も上回る兵力を笠に着て、日本兵を殺し尽くす。グアムとおんなじ。相手がかかってくるからといえばそれまでだが、いまひとつ釈然としないんだ」

「フィルは先住民の子孫だからな、余計にそう思うのかも知れない。勇猛を誇る騎兵隊を相手に素手同然で立ち向かった。そんな、死も厭わず戦った人たちを先祖に頂いているのだからな」

左眉をへの字にして、デレクがフィルを見た。第二九連隊の兵によれば、サイパンでは命極まった民間人の婦女子が大勢、万歳万歳と叫びながら、そそり立つ断崖から海に身を投げたという。

「銃を手にした大軍の騎兵隊に向かって、彼らは弓と矢で立ち向かった。死を恐れてはいなかった。日本兵と同じかも知れんな。グアムで戦うまでは思ってても見ないことだったけど」

そう言いながら、慰めになっていないかもしれないとアンソニーは思った。

「勇気か命か、となれば、俺は命だよ。勇気を選ぶ俺の先祖と日本人がどこかで繋がっていると思わんでもないけどな。戦うまでは憎しみしかなかった日本兵だが……」

フィル・ダンバーはサンフランシスコにいる両親の顔を思い浮べた。浅黒い肌と太い眉と黒い瞳は、日本人と似通っているのだ。

一九四五年三月三十一日深夜、第六海兵師団は沖縄に到達しつつあった。短い仮眠をとってから、とっておきのステーキを平らげた兵士たちは、揚陸艦上にある水陸両用車に勇躍乗り込んだ。早朝から続く艦砲射撃が兵士たちの耳をつんざき、誰もみんな、まともな思考回路はことごとく寸断されて、猛々しい戦闘員と化していた。

サイパン、テニアン、グアム、ペリリューと、狭い島々を舞台とする戦闘で、予想外の甚大な被害を被った米軍。島嶼戦の締めくくり沖縄では、それまでに学んだ教訓を確実に生かす戦法をとった。

上陸地点への艦砲射撃と空爆は、作戦当日四時間に及んだ。既に六日前、占領した慶良間諸島の慶伊瀬島に設置されたカノン砲ロングトムは、百五十五ミリ射程二十キロの威力を遺憾なく発揮していた。

沖縄本島に先立つ慶良間諸島の戦いでは、米軍と日本軍防衛隊の間で激しい戦闘が交わされた。しかし、圧倒的な米軍優位は揺るがず、日本軍は敗走した。その戦果がもたらしたものが、大砲、百五十五ミリロングトムだった。

軍の加護もなく、孤立無援を強いられた島民たちは窮地に陥った。特に、渡嘉敷島と座間味島では、鬼畜米英の乱暴狼藉を恐れる島民感情が横溢していた。上陸した米兵に見つかりにくい場所に集まり、手榴弾や剃刀を使って、幼子を含む親兄弟、そして自分自身の命を断った。二つの島を合わせ、七百人余りの島民が、理不尽でなおかつ非人道的な死を強いられたのだ。

惨状を目撃した海兵隊員は、上官が焚き付ける敵愾心に背いて、幾人かの例外を除く大多数の兵士が憐憫を禁じ得なかった。沈黙したまま首を垂れ、黙祷とともに偽りのない十字を切った。

ただ、任務は放棄できない。本島上陸をめざし、鎮魂のあと、割り当てられた職務についた。

十二キロ離れた本島の読谷山、嘉手納、北谷など上陸予定地点に、膨大な砲弾を撃ち込む。上陸を阻害するありとあらゆるものを破壊しなければならない。艦砲射撃と合わせれば四万発にも達する砲弾が使用された。夥しい数の鋭利な殺人流れ星が、沖縄の大地に容赦なく炸裂し突き刺さった。

迎え撃つ日本軍守備隊第三十二軍は、上陸阻止を敢えて放棄。膨大な物量にものを言わせる艦砲射撃と空爆には一切応戦せず、米軍のなすがままにさせた。美しい砂浜は、全体が無残にえぐれ、ヤシや蘇鉄はことごとく、根こそぎに倒壊切断された。上陸偵察任務の日本兵にも犠牲者が出たし、的をはずした砲弾が容赦なく襲いかかった民家でも死者が出た。三百人近い日本人が、降り注ぐ鉄片の豪雨のなか命を落とした。

七

村山健之《たけゆき》が乗り組む那珂川丸が沖縄にたどり着けたのは幸運の極みだった。日本が制海権を失って久しい東シナ海では、沖縄守備を担うべき兵員輸送の船団の多くが、米軍潜水艦の餌食になっていたからだ。多くの兵員と貴重な重火器や燃料が水没した。

六月二十九日には独立混成第四十四旅団先遣の富士丸が、徳之島沖で沈没。四千名近い兵員と一五〇〇本のガソリンドラム缶を失っていた。

沖縄から長崎に向かう学童疎開船対馬丸。八月二十二日奄美沖で無差別攻撃を受け、乗船する子供たちが青い海に呑み込まれた。純粋無垢な少年少女の未来を奪う非人道の極み。

人命をもてあそぶ悲惨な出来事が相次ぐことになる。

一九四四年八月十一日、村山健之と寺川幸一、川野良太らが乗船した那珂川丸が、泊にある那覇港に入港した。七月二十一日、福井県鯖江に集結。列車にて南下し、八月一日、門司を出港した、独立混成第四十四旅団を編成する一団だ。関門海峡を後にして、唐津、五島、天草、鹿児島を経由して東シナ海に出た。跳梁する米潜水艦の探査網をかいくぐり、船団のうちの一隻が軽微魚雷損傷を受けつつも、何とか米軍の鼻を明かした航海だった。

歓喜の思いを隠さずにはしゃぎ回る者もいれば、押し黙ったまま、岸壁の彼方を眺める兵もいる。甲板に立つと、港の東側に臨むなだらかな丘陵に、朱色輝く屋根瓦の民家が連なる風景が一望できるのだ。

「赤い屋根ばっかりやな。屋根がなければ和歌山とおんなじや」

黒い瞳に安堵を浮かべ、川野が右手を額の前にかざした。

「黒船に乗ってペリーがやってきた時も、この赤い屋根に見とれたかもしれんな」

寺川が、大きな伸びをした。窮屈な船底生活とも今日でおさらばだ.

「桟橋を囲む木は、ヤシと蘇鉄か。南国らしい木に初めてお目にかかるよ」

健之がそう言って、爪先立った。

「満洲のアカシアとは金輪際会えんかもしれんな」

「寺川はん、弱気はあきまへんに。沖縄は南方の入り口。大きな島なんやし、大本営が見捨てるとは思えんわ」

沖縄を、橋頭堡にするのか捨て石にするのか。大本営の腹はとうにきまっているのだろう。県民徴用の郷土部隊のない沖縄といえども、五十万県民を見捨てるなどあり得ない。民間人徴用も防衛召集と称して実行され、県民もすでに戦いに動員されている。見捨てるなど言語道断。本土防衛の橋頭堡にするべきなのだ。

ただそのためには、元寇を遥かに上回る大部隊で押し寄せる米軍をトコトン蹴散らさなければならない。負け戦続きの日本軍に、果たしてそれだけの戦力がまだ残っているのかどうか。増援船団が矢継ぎ早に沈められているらしいという噂もある。反転攻勢は限りなく心もとない。健之は暗鬱たる気分にならざるをえない。

血に飢えた敵には、精神力だけでは太刀打ちできない、途方もない数の兵員と有り余る武器弾薬をもって侵入してくるのだ。それを防ぐためには当然ながら、守る側も敵に匹敵する戦力を必要とする。望むべくもない願いかもしれないが。

「上陸を敢行する米軍を水際で食い止めることが第一だ。一歩たりとも沖縄の土を踏ませない。上陸には莫大な犠牲が強いられるはずだ。そいつを思い知らせれば、渋々でもアメリカを停戦交渉に引き擦り込むことができるかもしれん」

「寺川はんは臆病風に吹かれとる。停戦交渉などたわけたこと。うちらはとっくにな、玉砕の心積もりはできているはずや」

「戦争は生きるための最後の選択だぞ。賭けと言ってもいい。死に場所探しではないんだ。郷土部隊をもたない沖縄県人だって死ぬことなど望んでいないに決まっている。自分らが本土寄せ集めの軍隊といぶかられようともだ、トコトン俺は沖縄を守る」

「アメリカはんを敵に回したのが間違いやったわな、いまさら遅いけど。分のない賭けやわ。真珠湾が失敗していたら良かったのに」

「希望を求めたんだ。やむにやまれぬ思いから決行したのが真珠湾だ。しかしだ、敗色濃厚となれば、潔くひれ伏したほうがいい。兵士の命を盾にして、責任逃れの負け戦を続けるのは恥ずべきことだ」

「よせ、寺川。上官の耳に入ったら重営倉行きだぞ」

「生への執着は見苦しいわ、寺川はん」

「長男の俺の肩にゃあな、家族六人の生活がかかっているんだ。死ぬわけにゃいかねぇんだよ」

「それはみんな、そうやわ」

「だったら死に戦などやめたらいい」

「陸軍次第だろうよ。アメリカが突き付けている支那完全撤退が呑めるかどうか？特に日本人開拓者が大勢入植している満洲国放棄が要だな」

「天皇制を廃止にしたって日本民族が消えるよりはましだろう。満洲はもともとよその国なんだ」

青色がまさる浅葱《あさぎ》の海面。底が透けて見える透明なさざ波の間に、寺川の声はむなしく吸い込まれた。


サバニ舟が浮かぶ那覇港で那珂川丸を下船し、健之は砲兵隊が沖縄陣地に設置する九九式八センチ高射砲の揚陸を見届けた。そののち、野戦高射砲第八十一大隊は泊から嘉手納に向かう手はずだ。洋上生活の窮屈さから開放されて、兵隊たちは生き返ったように溌溂とした気分になった。

嘉手納行きに先んじて、第二歩兵隊は泊にほど近い沖縄一宮である波の上神宮に参拝した。海に迫り出す格好で崖の上に祀られたお社に向うと、涼やかな海風が頬を包んだ。

本土より涼しいやろか……

川野が背嚢《はいのう》をひとつ押し上げた。

「珊瑚の島だからな。涼しいに決まっているさ」

「珊瑚のおかげじゃないぞ寺川。海風のおかげだよ。西と東から爽やかな海風が入って来る」

三人の属する砲兵隊は、第二歩兵隊の構成部隊である。第二歩兵隊第二大隊隷下の歩兵中隊として、二百人を超す兵士たちが行動を共にしている。

軍服姿の兵隊が大勢、ゆるい勾配をなす参道を歩く。突然現れたいかめしい兵士の群れに、ちょうど居合わせた数人の男女が道を譲り、参道わきによって手を合わせた。

沖縄には県民を徴用した郷土部隊がないのは何故だろう……誰かが素朴な疑問を口にした。するとまた別の誰かが、人間が少ないからだよ、と応じた。それも一理あるのだが、日本軍はまさか、沖縄までもが戦場になるとは考えていなかったのかもしれないし、大和に対する反感を和らげる狙いがあったのかもしれない。いずれにしろ、沖縄の盾は俺たちしかない。使命感がふつふつと湧き上がってくる健之だった。

立派な石燈篭と、狛犬に似た獣神が左右に鎮座する。めいめいそこで一度立ち止まり姿勢を正してから、十段ほどの石段を上る。上り切ったところに拝殿がある。鮮やかな朱色を纏う建物の前で、兵士たちは型どおり祈りを捧げた。

武運長久がこの地で祈れるとはな……誰かが感謝を口にした。聞くともなく聞こえてくるその言葉に、兵隊は誰もがしめやかな思いになった。徹頭徹尾この島を守る。兵隊たちはみな、決意を新たにするのだった。

とどこうりなく参拝を終え、坂を下っていると、白い雲を切り裂いて、戦闘機が一機頭上に飛来した。彗星だ……どこかで声が上がった。目と鼻の先に、海軍の小禄《おろく》飛行場がある。上陸を祝し、突如現れた海軍爆撃機は、なお一層兵隊たちの心意気を奮い立たせずにはおかなかった。

割り当てられた嘉手納《かでな》の県立第二中学校までおよそ二十キロ。隊員は全行程行軍かと案じたが、運よくお誂え向きのトラックがあった。輜重隊の配慮であり、思い遣りでもあった。思わぬ福音に、兵隊たちは大いに喜び、思わず知らず、波の上宮に深く首を垂れる者も見受けられた。

寿司詰めの荷台から眺めていると、健之たちは本土や満洲とは趣を異にする沖縄特有の風景に触れることができた。赤瓦と白い漆喰の屋根に交じる茅葺屋根の家の懐かしさ。道の両側に整然と並ぶ琉球松の並木。頭上に鏡餅を載せたような髪形に整えた芭蕉布姿の女性たち。船上から海ばかり眺めていた単調さに比べると、すべてに生き生きとした息吹が感じられた。

郊外に出ると、那覇の町中で見かけた洋服姿の女性には、ほとんどお目にかかれない。頭上に荷物を載せて、忙しそうに立ち動く女性たちは、つつましい沖縄衣装をまとい、自然と風景に溶け込んでいるのであった。健之は、都市と農村の違いをはからずも見せつけられる思いだった。

道路の両側に仏桑花の花が目立つようになった。鮮血を彷彿させる濃い赤色は、生命のほとばしりを感じさせる。沖縄防衛と言う戦争目的さえなければ、その美しさを素直に受け入れられたであろうが、自らの使命を思えば、その色はまさしく血の色そのものだった。

「向こうに見える緑の畑は何だろう」

仏桑花の花群の背後に、これも色鮮やかに拡がる緑の敷物。曇り空にもかかわらず、その一隅は鮮やかな緑葉が群生している。健之は重たい瞼《まぶた》がにわかに軽くなった。

「南国の名産なら甘藷《かんしょ》やろね」

「たらふくさつまいもが食えるってことだよな」

「おまけに屁が出りゃ、勢いがつくってもんだ」

柄にもなく健之が軽口を飛ばすと、荷台に忍び笑いのさざ波が立った。

北谷を過ぎて嘉手納に入ると、だだっ広い土地を占有する飛行場らしき施設が見えてきた。まさしく平和な農村風景の中に忽然と現れた建造物である。そして乗車するトラックは、吸い寄せられるようにその広大な施設に向かっているようだ。時節到来、いよいよ砲兵隊として、存分に働ける時が来た……健之は久しく忘れていた胸の高鳴りを覚えた。

建設途中の嘉手納飛行場に着くと、歩兵の大半がトラックを降りた。前駐の日本兵と沖縄民間人が従事する建設作業に合流するためである。

他方、一部歩兵と砲兵隊は、北隣の読谷山にある北飛行場に向かうと知らされた。嘉手納と並行して造成されている北飛行場に高射砲を設置するためである。陸軍としては、北飛行場が優先主力であり、嘉手納の中飛行場は補助的存在であったのだ。いずれの飛行場も、日本軍工兵隊と国場組の指揮のもと、地ならしおよび舗装工事の実際は、現地強制召集の沖縄民間人が担っていた。

もともと農地であった土地を強制収用して、農民の反感に耳を貸さずに造成した施設であった。軍隊の意向には誰も逆らえない。それは本土も同じだと村役は言うが、先祖伝来の農地を召し上げられた農民たちは、持って行き場のない憤りで怒りが収まらない。

そんな打ちひしがれた農民さえ、空港建設の強制労働は免れ得なかった。ツルハシとスコップ、鍬《くわ》を用いて地面をならし、その表面にダイナマイトで砕いた礫石を一面に敷きつめて滑走路を造成した。

軍の監視のもと、農民たちは憎しみをこらえて黙々と作業に汗を流した。しかし当然心中は穏やかならぬ思いがあった。非常時とはいえ戦争で戦う以前に、沖縄の人々は日本軍の横暴とも戦わなければならなかった。

健之ら砲兵隊の使命は、地下通信所と地下弾薬庫の建設。数十門を数える高射砲陣地の造成と設置だ。独立混成第四十四旅団隷下とはいえ、歩兵と砲兵では任務が異なる。

第四十四旅団隷下には、第一歩兵大隊と第二歩兵大隊があった。第一歩兵大隊は輸送船富山丸とともに一九四四年六月二十九日、米潜水艦攻撃により徳之島南西の海に沈み、代わって千葉県佐倉から、独立混成第十五連隊が空輸増援された。後続の第二歩兵大隊は、那珂川丸を含む船団にて海上輸送され、現地召集者も加え、独立混成第四十四旅団の編成は完了した。

高射砲陣地構築は、細部にわたり気骨の折れる作業の連続でしかも重労働だ。その労働に堪えるためにも、寄宿場所は然るべき設備のある場所であってほしかった。

健之の砲兵隊は、読谷山の国民学校分校の片隅に寄宿した。地域共用井戸にもほどちかく、校庭内には急ごしらえの竈も設えられていた。

当初、よそよそしさがあらわな地元読谷山の人々であった。飛行場建設の突貫工事に駆り出された腹立たしさを思えば、にわかに打ち解ける心境にはなれないのだ。となると、日本兵の側もわだかまりが生まれる。何の遠慮もなく、なれなれしく自分たちから声をかけるのは憚られた。そんな折、住民の一人が健之たちの宿舎にやってきた。八月十一日上陸後、一週間ほどたったころだ。

ごめんください、ごめんください……控えめに呼びかけがあった。

「おい、誰か呼んでるぞ」

千人針に触れてから、健之は右腕を腕枕にした。煎餅布団だが、ないよりはましだ。

「わてが行きますに。誰なんやろう、こんな夜に……」

学童用長椅子に体をあずけていた川野がスンナリ腰を浮かせた。珍しく押し黙って、ぼんやり黄昏の西空を眺めていた両の瞳が、振り向きざまきらりと光り、間をおかず入口に向かって歩いて行く。

「どなたですやろ?」

廊下の先で川野の声が響いた。

「平良賢照という者です。南洋興発のうちなんちゅ社員で、ちょっと前までグアムにおりました」

「はあ、グアムに……で、そんなお方が何の御用ですやろ」

「グアムでの出来事をお話ししたいと思いまして、やってまいりました。もっとも、住まいはすぐそばですけんど……。兵隊さんと目と鼻の先にいるというのに、全然口も利かないというのでは、お互い気塞ぎかと思いましてね、やってまいりました」

おい、川野。俺が行くから待ってもらえ。そう伝えて、健之が布団の上でノッソリ起き上がった。

薄暗い電灯の明かりのなかに、ぼんやり川野と男が浮かび上がる。入口の外に立つヒョロ高いガジュマルの木がふたりの背後に影を落とす。

分隊の兵たちはひどく疲れて寝ている。邪魔をしちゃあいかんのでね、外に行きましょう。健之が事情を言って、平良をガジュマルの木の下に誘った。気を利かした川野は、さっさと自分の寝床に戻った。勘のいい男だと健之は思った。グアム玉砕か?という噂は誰の耳にも届いている。その島の話となればおよそ良かろうはずもないのだ。

「グアムにも沖縄からの移住者が大勢おりましてね。みんな身を粉にして働いたものであります」

木造りのつっかけが、灰色の泥を踏みつけた。

「サイパンは日本の統治。グアムはそうじゃない。アメリカ領でしょう」

「統治者が誰かなんて、沖縄人はさして気にせんのです。琉球の時代から南洋の島ならどこでも渡りましたから」

「江戸幕府が鎖国している間に、琉球はとっくに国際海洋国家になっていた」

「日本人の居ぬ間に、中国人や朝鮮人も大勢海外に出て行きました。今は日本がそれを目指しているけんど、戦争という暗雲が垂れこめております。グアムをとられた憎しみの果てに、米兵は日本兵捕虜を殺すという噂もあります」

「まさしく鬼畜のなせる罪業だ」

艶やかな漆黒の天空を、闇を切り裂いて流れ星が走る。平良がしゃべりながら軌跡を追うと、健之も思わず光の消えゆく先を見届けた。自分たちの行く末を見ているのかもしれない。悲劇の予感が健之をかすめた。

「ところで平良さんは、沖縄言葉を話さんのですか。よくわかる共通言葉だ」

率直な印象を健之は伝えた。

「方言はいけません。じっさい、日本の兵隊さんにわからないのですから、スパイと勘違いされかねない。そんなことで殺されるなんてごめんであります」

「なるほど、殺された人がいるんですね。三十二軍配属の日本兵はピリピリしているんだ」

「ちょっと気の触れた老女がおりまして、夜中に懐中電灯をもてあそんでいたら、アメリカ軍に合図を送っている、と決めつけられて竹槍で殺されました。老女ですから、うちなーくちしかしゃべれません。気の毒なことをしました」

「兵が老女を殺めるなど、正気の沙汰ではない。アメリカ領でもあるまいに」

「グアムは明治三十一年からアメリカが治めていたのであります。日本が奪い取ったのは昭和十六年です。たった三年間で、グアム島民を親日派に変えるなんてどだい無理でありますす」

「スパイがいても不思議じゃない。沖縄とは違う」

「多勢に無勢そのものでした。だから私は勝ち目がないと判断して、早めに避難脱出しました。ただ、これから避難するあてはないのです。戦争を、やめてもらうしかありません。スパイなどに手を染める者などいないのでありますが、かといって喜んで死ぬ者もおらんはずです」

脈打つガジュマルの気根。その幹先は土中に伸びて、しっかり大木を支えている。沖縄に根を張る平良と同じだ。

それにひきかえ、俺たちは何者なんだ。突如、遥か本州の地からやって来て、沖縄の日常をかき乱す。来襲する米軍を撃退すべく命がけで戦おうと戦意を鼓舞して、沖縄の人々にもその覚悟を押し付ける。日本は疫病神でしかないのではあるまいか。ふとそんな疑念が健之の心に影を落とす。

「グアム守備隊の輜重兵さん。名古屋は歩兵第六連隊の兵長さんでありました。輜重分隊の隊長さんだったので、南洋興発はとてもお世話になりました。早く名古屋に帰って、元どおり洋服仕立て屋稼業に戻りたい、というのが口癖だったのに、もしかすると亡くなられたかもしれない。軍人らしい偉そうなところのない、とっても優しい兵隊さんでありました」

平良の声がだんだんか細くなって、ついには首をうなだれ、ガジュマルの気根で盛り上がる地面に目を落とした。

「自分も名古屋の第三師団、たたき上げの高射砲部隊です。名古屋だけではないんですぞ。日本全国から沖縄には兵隊が集合している。残念ながら、到達する前に海底に沈められた者も多い。にっくき米兵を叩きのめさない限り、亡き人々に合わせる顔がないでしょう。一大決戦になるはずだ沖縄戦。サイパンやグアムの仇を取る」

健之が平良の両肩に腕を伸ばした。微かな震えがその手に伝わる。

「バンザイは勝って叫びたい。死ぬ間際に叫ぶのはいやであります」

「グアムで起きたことを思い煩《わずら》うのはやめましょう。負け戦を悔やんでいる暇などないはず。兵隊と沖縄の人たちが力を合わせて、鬼畜米英に一泡ふかしてやる、吠え面をかかせてやるのですから」

「無論我らは、郷土防衛の心意気で一杯であります。中学生や女学生たちまで動員せよという命令も甘んじて受け容れ、それも止むをえないとも思っております。つまり私たちは、こぞって協力しようとしているのであります。なのにですよ、兵隊さんが口をきいてくれない。とても困っております。何かが気に障《さわ》り怒っているのだろうかと、いぶかる者さえおります。ですから、できればそちら様からさり気なく言葉をかけていただくとありがたいのです。今晩はそのお願いもあって、夜分もはばからずやってまいりました」

緊張が解けて、平良の吐く息が一気に膨らむ。

「そいつはたやすいことです。みなさんにもっと気軽に話しかけるように、私から兵に促しておきましょう。気配りに欠け、すまんことでした」

満洲駐屯で常にあった、異国の緊張感はもういらないのだ。海を渡ったとは言え、ここは沖縄だ。健之はあらためて、自分たちが日本国内にいるという安心感をかみしめた。

その夜を境に日本兵たちは、つたないながらも、住民への声かけにつとめるようになった。成果は如実にあらわれ、時を経ずして近隣の人々との交流が深まっていった。

水汲みに向かった井戸端や、耕作する野菜の種を売る店先などで、地元の住民と顔を合わせると、兵隊たちはすすんで声をかけた。その甲斐あって、兵隊と住民たちは明らかに打ち解けはじめ、ギクシャクとした空気はやがて和らいでいった。

ただ、沖縄を取りまく戦況自体は、日ごとに厳しさを増していた。修学旅行の目的地でもある鹿児島、宮崎、長崎などをめざし、県民の避難が続くなか、学童疎開の船が撃沈され、千人ちかい子供たちが犠牲になったという噂が広まった。大本営がひた隠しにしようとしたが噂は消えず、兵隊たちの耳にも届くようになった。

「子供の疎開船まで攻撃するなんて、あかんやないの」

「軍事機密なんだから、言いふらしちゃあいかんぞ」

健之は川野に釘を刺した。

「この沖縄には、いったいどれほどの数の兵隊がいるのだろうか」

寺川が首を傾げて呟いた。

「日本近海だというのに、民間の疎開船まで沈められるようでは、守りようがない。沖縄も本土も」

「今はまだ、米軍に目立った動きはない。だから兵の数はそれほど多くはない。だが、戦況によってその数は大部隊となるだろう。今のところ歩兵は、第一歩兵隊隷下で独混第十五連隊の第一大隊と第二大隊と第三大隊。第二歩兵隊隷下で第一大隊と第二大隊。そして新たに第二十四師団山部隊も合流する。ただ、歩兵は作戦によって移動が避けられない。会戦のあるところにその都度つぎ込まれるからだ。しかしだ、俺たち野戦高射砲大隊や独混高射砲大隊、機関砲大隊は動かない。飛行場がある限り飛行場を守る。それが任務なんだからな。砲兵同様、飛行場中隊など、飛行場を管理する部隊も動かんが、肝心の飛行機はその時が来ればやってくる、としか言いようがない。今のところ寂しいもんだが」

「飛行場が破壊されたらどうなる？」

唇を尖らせて寺川が訊いてくる。

「そん時、俺たちは歩兵として戦闘に加わるんだ。武器を使って前線に立つ」

「いやでんがな、殺し合いは」

「何を言う。高射砲弾が命中したら、戦闘機の操縦士は必ず死ぬんだぞ。殺し合いなんだ、高射砲を打つ方も打たれる方も」

「やすやすとは当たりまへんがな」

ためらいもなく、真面目な顔で川野はそう応えた。


先の訪問から十日経った夜、平良が再び健之を訪ねてきた。二人はまた、とばりの落ちた庭にぼんやり浮き上がるガジュマルの木の下で顔を合わせた。

「先日は、厚かましいお願いにまいりました。聞き届けていただき、ありがとうございました」

かしこまった面持ちで、平良はていねいに礼を言った。

「兵としても、窮屈な思いから解放されて喜んでおりますよ。で、今夜は何か……」

健之が気をきかせて水を向けた。ゲートルを巻かない脛に浜風が心地いい。

「みんなそろそろ、浮足立ってきたようであります。県が先を見据えて疎開を進めていますから」

「そこは隠しようがない。平良さんも出て行きますか？」

「私は沖縄から逃げる気などさらさらありません。先祖累代の島ですし、子供でもありません」

きっぱりと平良が言い、続けて
「ところで、ひとつお尋ねがあります。学童疎開船の対馬丸のことなんですが」

やっぱり……健之は小さく頷いた。

「平良さん、船名までわかっているのならば、もうそれ以上訊かないでください、頼みます。私たちも船名以外のことは知らない。軍事機密です。当事者の方々にも、かん口令が敷かれているはずです」

「承知しました。そうであれば、もうお訊ねしません。噂に蓋もしません。それでかまわんでありますか」

眉間にしわを寄せた健之が、明らかな困惑顔を見せたが、あえて否定はしなかった。

「それはそれとして、いま、私たちはお盆の行事を段取りしております。本土同様ご先祖様をお迎えして送る、昔ながらの行事であります。戦争準備と疎開のせいで、例年ほどのようにはまいりませんが、子供たちへの鎮魂の意味もあって、是が非でも執り行おうという意見が湧き上がっております」

「ご先祖様はないがしろにせんが良いでしょう。毎日、身をすり減らして働いているのだから、それも構わんでしょう」

「皆さんも仲間に入りませんか。働きづめなのは兵隊さんも同じであります。飛行場造りは大仕事、たまには羽目を外してもいいのでは」

「それは厳に慎まなければなりません。兵隊が羽目を外したら、例外なく、重営倉行きが待っておる」

「勘弁願います、言い間違いであります。羽目を外さずとも、たまにはのんびりされても……素朴で懐かしい琉球の心に触れてみてもらいたいと」

とっておきの笑顔をのぞかせた平良に、健之も思わず唇を緩めた。希望者がいればもうけものというくらいの浅慮で、健之は平良に感謝の意を表し、申し出をありがたく受け入れた。


一九四四年、昭和十九年九月二日、二百十日翌日に当たる旧暦七月十五日夕、読谷《よみたん》山の集落で、つつましくも華やいだ盂蘭盆会がもようされた。

読谷山村長、比嘉《ひが》さんが語るところによれば、前々日には各家庭にあって先祖の霊を出迎え、二日目の昨日ナカヌヒーには、霊とともに一日を過ごした。そして三日目の今宵こそ、いよいよお別れの時を迎える。村人総出心尽くしの歌舞音曲で別れの寂しさを紛らわせるのだと言う。

高射砲部隊からは健之を含めて、七人の兵が参加した。畳部屋のない村長の家で、夕食と泡盛を振るまわれ、そのあと七人は、蝋燭提灯揺らめく踊りの場に招かれた。

村長の指図でまず、宮城遥拝がとりおこなわれ、続く完全黙祷が一帯に深い静寂をもたらした。紙面にて、日々県民を鼓舞する琉球新報の記者が、眩《まばゆ》い写真閃光器を光らせた。

その場に集う数百人の住民が、天皇に感謝し、めいめいの祖先を敬い、戦死した兵士を哀悼し、そして、海に召された健気な命を憐れみ悼んだ。近い将来我が身に降りかかるだろう過酷な現実からは束の間目をそらした。ことここに至っては、じたばたしてもはじまらない。成り行きに任せるしかない。負け惜しみがすぎるものの、今はそれでかまわないと思えた。

太いガジュマルの幹ほどもある、大きな太鼓。それを脇に抱えた若い衆が、提灯あかりの下に現れ、十人ほどが一斉にばちを振るい始めた。櫓の周りをグルグル回りながら、しだいに人々を踊りの輪に巻き込んでいく。

村長によれば、例年ならエイサー踊りの一団は町の中を派手に練り歩くのだそうだが、今年ばかりは時節柄、控え目に留めようと話がまとまったらしい。かたどおり櫓があっても、踊り手はおらず、黄《き》いない提灯が一つ釣り下がるのみだ。

エイサー踊りがひと段落すると、入れ替わりにモンペ姿の女性たちが現れた。二十人ほどの手踊りの妙甚だしく、慎ましやかながらもしなやかなその動きはとても魅惑的だ。無骨な兵士たちの胸に、生きてあることの喜びを生じさせずにはおかない。

そのさなか、思いもよらぬ珍事がもちあがった。突如、一匹の子豚が、踊りの場に迷い込んだのである。薄明かりの中で、子豚の動きはすばしっこく、ところ構わず駆けずり回りおさまる気配がない。呆気にとられた七人は、しばらく成すすべもなくその有様を見守るばかりだ。

踊り手たちは、一糸乱れぬ動きで舞っている。子豚が足元を走りぬけるとき、一瞬所作に乱れはあるものの、踊りの輪はとどこうりなく回り続けた。

やがて見かねた健之が機転を利かして、高射砲部隊の面々うちそろい子豚の後を追っかけさせた。踊りの邪魔をせぬように、読めるはずもない子豚の足の向く先に当たりをつけて先回りする。そいつが間もなく功を奏し、小半時ほどして子豚の捕獲に成功した。

踊りが終わり騒ぎがおさまると、村長が健之のもとに現れた。比嘉さんは一人の少年を伴っていた。日焼けした坊主頭がピョコンと頭を下げた。言葉はない。

「この子が小屋から豚を逃がした。いたずらも度がすぎてはだめさ」

いたずらじゃない……少年の声がいきなり挑みかかった。

「ガンクゥー。子供は素直でないと可愛げがないぞ」

「比嘉さん、この子は何か言いたいことがあるのではないのか」

健之は助け船を出した。

「僕になついているのに、そのうちこの小豚も殺されるんだ。可哀そうだから逃がしてやったんだ」

悪びれた様子もなく、少年は言い分を吐きだした。

「豚が文句言わぬのに、お前が文句言ってどうするのか」

「知らんから言わんだけだ。知ってりゃあ噛みつくさ」

比嘉は言い返さない。健之の顔を伺って、お手上げの表情を見せる。

健之に、さらなるお説教を求めているようだ。しかし、健之はなぜか気が進まない。殺されるという言葉が心に影を落としたのだ。グアムの悲劇が頭の片隅をよぎった。兵士はともかく、無防備な民間人が、戦意なく死ぬ覚悟もないまま戦禍に飲まれ死に追いやられた。同じような悲劇がこの沖縄でも起きるかもしれない。ひょっとすると少年には、そんな殺伐たる光景が、瞼の裏に見えているのかもしれない。

「子豚は無事小屋に戻った。子豚を自由にしてやりたいと願う子供の気持ちもわからぬではない。許してやりましょう。もうこれっきりにするんだよ」

健之が少年の頭を撫でると、少年は激しい動きで頭を逸《そ》らした。

少年少女は時として、怖いもの知らずを地でいく奇想天外をしでかす。いとも簡単にやってのける。幼な心の直観が、ひとりでに駆り立てるのか。それは洋の東西、今昔、敵味方を問わぬようだ。

健之が五年ほど前に観たアメリカ映画の主人公も、そんな気丈利発な女の子だった。シャーリー・テンプルの愛国者、と題されたその映画では、地方に住む一介の女の子が、大統領にまで会いに行くというのだから、健之は開いた口が塞がらず、にわかには信じられないほどだった。我が皇国日本ではとても考えられない無謀な行為だと、半ばあきれた記憶がある。

たとえ映画の世界とはいえ、そしてたとえ無邪気な子供が主人公とはいえ、思ったことをそのままじかに為政者に伝えられるアメリカという国に大いなる幻滅を抱くと同時に、隠し切れない憧れも抱いた。もっとも、チャップリンの「モダンタイムス」と題された映画では機械に食い潰される人間の姿に、哀れと切なさを感じたのみだったけれど。

アメリカなる国は、自由だけが乱舞する得体が知れない国。映画に触れての率直な健之の印象だった。

機械文明がもたらした繁栄の中にありながら、平気でそれを揶揄する。厳格な権力構造を飛び越えて、ありふれた庶民の少女が最高権力者に物申す。そんなことをしでかしたなら、我が皇国日本であれば、とことん叩きのめされるに決まっている。そんな規律の緩い国の規律の緩い軍隊と今、俺たちは命がけで戦っている。夢でもない。妄想でもない。現実なのだ。厳格強権と緩慢寛容。厳格強権が敗北の憂き目を見るとはとても思えないのだが……。

わかりました。班長さんに免じて、今度ばかりは許しましょう。いいか源信よく聞くんだぞ。比嘉は少年を睨みつけると、言葉を続けて、

「私の娘は遠い愛知県の一宮という町に奉公に行っている。紡績工場で勤労集中だ。兵隊さんの軍服を作っているのだ。沖縄にいられるだけでもありがたいと思わなくてはいかんぞ。そう思えば、悪戯などできんはずだ。わかったな」

源信は解放された子豚よろしく、豚小屋めがけて一目散に駆け出した。

「思わんことでした。一宮という町の名を聞いて、懐かしさが込み上げました」

少年の後姿を見送りながら、健之は比嘉に打ち明けた。

「そう言えば、班長さんは名古屋のご出身とか」

「いえね、詳しい説明が面倒だから名古屋と言っとります。実は名古屋ではのうて、稲沢という町であります。一宮の隣町です」

「偶然ですな」

「あの辺りは尾州と申しまして、尾州織物の産地であります。昔から紡績工場の多い所です。工場で働く若い女工さんが大勢いて、日本各地から来ていると聞いてはおりましたが、まさか海を渡った沖縄までとは思いませなんだ。みなさんのおかげで、一大紡績産地と誇れるまでになれたのですな」

「海はつながっております。船なら本土も一足飛びです。名古屋も大阪も東京も」

海洋国家は琉球なり、と言わんばかりに比嘉は、鼻高々で微笑んだ。


読谷山北飛行場に滑走路と誘導路が完成した。本来なら工科分隊の役回りであるが、戦時突貫工事のため、高射砲分隊並びに住民が支援に加わり、遅滞なく主施設はできた。しかし、無線建屋の整備や燃料備蓄施設が未だ完成していない。それは専門知識を有する整備工兵の仕事となる。

高射砲陣地の設営を終えると、健之の分隊に次の命令がおりた。

目的地は嘉手納を南下した泊港である。海辺を駆け上がった天久《あみく》台地に拡がる天久村に高射砲陣地を建設する増援作業である。またもやツルハシ、シャベル、鍬《くわ》の出番である。

先行の工科部隊に合流して、天久高射砲陣地を突貫工事で完成させる。ことは急がねばならん……命令は急迫していた。いよいよアメリカ軍との戦いが迫っていると健之は腹をくくった。

読谷山の国民学校から、海岸伝いに分隊は南下した。潮の香を嗅ぎながらの行軍は覚えがなく、兵士たちは疲れをまったく感じなかった。途中、砂浜に臨む岩陰で小休止している時、川野が、毎日海水の風呂につかれてありがたいわな、などと余裕の愛想をふりまいたりした。

泊の港から安里川をしばらく遡る崇元寺近くに、目当ての学校があった。沖縄には珍しい私立の女学校である。

兵士たちを、あてがわれた教室に落ちつかせてから、健之は校長室に向かった。女学校に寄宿するなど、かつてない経験であり、いたって心もとない健之であったが、まずは校長への挨拶が緊要と思われた。

教員室のある建屋に着いたところで、健之が軍靴を脱いでいると、奥から男が一人現れた。

「ご足労をおかけします。校長の八代であります。こちらから挨拶に伺おうと思っておりましたのに」

申し訳なそうな口ぶりで、そそくさと近寄ってきた。

「外のほうが、気持ちが良さそうに思えますが……」

「デイゴの木の下がよかろうと存じます。すぐそこにございますので」

顔を上げた健之に向かい、男はためらいなく同意した。校庭に散在する木々が、デイゴという名前だと、はからずも健之は知った。

女学校らしく、デイゴの木陰に白い長椅子が設けられていて、二人はそこに隣り合わせて腰をおろした。

「読谷はいかがでしたか？」

額の両側が湾曲した豊かな髪。丸メガネの中から大きな瞳がニコリとした。

「我々は任務ですから、お誂えむきの作業でしたが、地元の方々には重労働でご苦労をおかけしました。すまんことでした」

「働き者ですね、沖縄の人たちは」

「陽のあるうちは飛行場造りと軍事教練。暗くなってからは野良仕事と休む暇さえないのに、よくぞ耐えていただいた」

　思うだけで、健之は目頭が熱くなる。

「あの辺りは一面、サトウキビと甘藷の畑でした。それが今じゃあ、立派な飛行場に生まれ変わった。実に、変われば変わるものですな」

「地所を召し上げられた人たちも、はらわたが煮えくりかえっているというのに、堪えに堪えて滑走路工事作業に携わってもらいました。心底感謝しております」

「農民は土地への愛着が深い。私の在所も山梨の百姓ですが、土地は命にも勝る存在ですね」

「……甲斐のお人が沖縄へ」

　山の国から海の国へ。転身は一大決心であったろう。

「師範学校を出た時に、自ら任地を希望したのです。内地では、教育も軍の影響力が強い。しかし、世界に目を向けた沖縄では、若い人たちに国際社会で役に立つ教育をしたいと考えまして」

「開明的ですな。教科には、敵性語たる英語もあるのですか?」

「英語、英文タイプ、和文タイプ、簿記が中心ですね。はじめの頃の話ですが。今では、簿記と和文タイプのみです」

「この学校に通った生徒さんたちは幸せでしたね。度量と視野が、とても広い校長先生に守られて」

「買いかぶりですよ。力不足は、私がもっとも痛感しております」

八代は謙遜して苦笑いを浮かべた。

「大本営は少年少女たちも、戦争に駆り出そうとしております。無論、女学生の役目は看護介助雑務に限られようが、戦場の只中に身を置くに変わりはありません」

「愛情豊かに育てられてきた親御さんたちにとっては、憤懣やるかたない仕儀かと推察いたします。とは言え、お国の命令となれば是非もないことです。軍が支那で手を焼いておりますので、国民の関心を米国に向けさせようとしたせいで、子供たちまで命がけのご奉公となってしまいました」

「申し訳ないが、我々の力不足は厳然たる事実。新たな出征となる今回、南洋と知って誰もが覚悟を決めたはずです」

「ですが、純真な少年少女にまで覚悟を強いるのは酷でありましょう。彼らを死地に追いやると、日本国の次がない」

「重ね重ね、おっしゃるとおりです。将来への光明が、一筋くらいはないといけないのだが……」

健之が考えあぐねていると、八代が一層声をひそめて、

「廃棄を命じられた英文タイプライター。あるところに密かに隠しております。再び日の目を見る日が来るように」

「八代先生、今のは聞かなかったことにいたしましょう。憲兵は神出鬼没ですぞ」

「恐縮です。言い訳がましいのですが、五十年ちかくも昔から、アメリカは日本を仮想敵国と見なしておりました。となれば、英語をしゃべる人材を育成して、少しでもアメリカの警戒心をときほぐしてやりたいと願いましたが及びませなんだ」

「……この戦争は、アメリカの差し金、と言うか、仕向けた戦争だとおっしゃるのですか？」

「日清戦争で台湾、日露戦争で南樺太と満州の権益を日本が得ました。さらに十年後、第一次世界大戦で漁夫の利が舞い込んで、支那と南洋諸島に新たな権益を得たのが気に障ったのでしょう。東洋人の日本帝国が、欧米と肩を並べるほどに膨張した。富国強兵政策が実を結んだ。結果として西欧列強の植民地が危うくなる。そんな日本の鼻をいつかへし折ってやりたいと、かの連中は虎視眈々だったのです」

「今でこそアメリカは、自由の番人を自負しているが、当時は欲望まるだしの帝国主義国だった。フィリピンをスペインから奪いとって支配するアメリカと、わが日本が敵対する

立場になった。目障りだったでしょうね、アメリカは」

「露骨な国益相克も、言葉を尽くせば回避されると私は信じたのですが……」

「言葉が足りなかった。時間も足りなかった。何もかも不足していた」

「積年の警戒心を和らげるには、何を置いてもまず、言葉と人の交流による相互理解しかないと考えます。公的私的な外交が欠かせないのです。心が通じ合えば、憎しみによる殺し合いは起きない」

八代校長のような人物がわが国の指導者であったなら……健之は、ひいき目でなくそう思った。日米が牙をむきだしにする関係ではなく、双方から手を差し延べ合うような関係であったなら、この戦争は起きなかったのかもしれない。健之は遅ればせながら、この戦争の寄ってきたるところが腑に落ちたような気がした。


休む間もなく翌日から、高射砲分隊は天久台地に通い始めた。すでに砲座の基礎地均しはすんでおり、あとは高射砲本体を設置固定する作業が残っているだけであった。

先遣の工科部隊や女学生勤労奉仕隊と協同作業をするうちに、健之たちは自らの行く末を占うに足る機密話を、工科部隊の面々から漏れ聞くようになった。それは首里城周辺に蟻の巣のごとく張り巡らされた地下壕陣地の存在である。

第三十二軍司令部が入ると目されるその要塞は、天然のガマと人工の地下壕を巧みにくみあわせた堅牢この上ない造りだと言う。敵軍の艦砲射撃が千発や二千発撃ち込まれようともビクともしないだろう。ほかの誰でもない、骨身を削る重労働で工事に携わった者たちが耳打ちする言葉を、健之はまるっきり信じた。三十二軍指導部は、断固敵軍上陸阻止の気概はぜんぜん持ち合わせないのだ。となれば、熾烈な陸上戦は避けられないはずである。高射砲部隊の出番到来となる。

ただ、沿岸から十キロメートルにも満たない位置にある首里の第三十二軍地下要塞。数をもしれぬ大型砲弾が撃ち込まれたなら、また、群れなす怪鳥のごとく飛来する敵爆撃機の攻撃を繰り返し繰り返し食らうとなれば……健之は、一抹の不安を掻き消すことができなかった。

暑さがおさまり天久高射砲陣地に切りがつくと、乾いた涼やかな秋風が流れはじめた。高射砲分隊は読谷に戻り、本来は工科部隊の仕事であるトーチカ造りを担った。夏の仕舞がけに、台風がひとつやって来たけれど、甚大な被害には至らなかった。

九月も押し詰まり、秋の彼岸が読谷の村に訪れた。沖縄では仏壇を真ん中に、家族うちそろってご先祖様と五穀豊穣に感謝を捧げる内輪の行事で、本土みたいにお墓参りに出かける家族は少ない。

村長比嘉家の家族団らんの場に、健之ら七人の兵士が招待された。沖縄移駐以来、粗末な食事に甘んじていた兵士たちは、沖縄ならではのご馳走、なかでもとろけるようなラフテーや旨味が凝縮したクーブイリチーの美味しさに舌鼓を打った。これまで際立った米軍空襲のないおかげで、読谷の人々の食生活は豊かのように思えた。

鎮座する仏壇の前。十人を上回る家族と七人の兵士。泡盛の酔いが回った健之は、興に流されて日頃抱く疑問を、うかつにも口に出してしまった。

「沖縄には田圃がないようですな。見たためしがない」

「わては、おさつさんさえあれば満足やけんど」

川野が即座にとりなすも、その眼色はうろたえを隠さない。

「沖縄は隆起サンゴ礁の大地であります。水が溜まりにくいので、水田にはとても向きません。沖縄の米どころは、久米島であります。久米島には山が二つありますので」

太い眉をちょっと寄せて、比嘉は澱みなく答える。

「サンゴ礁が地下胎動で盛り上がってできていると仰せですな本島は。つまり、海が産み出した島だということですな」

「仰せのとおりであります。海生みの島とでも申しますか……その分、稲作には厳しい土壊だといわざるを得ません」

「ならばこの御飯は、久米島の米なんですね。久米島は、隆起サンゴ礁の島ではないのですから」

「この米は配給米であります。一人頭二合の配給米と、わが村の甘藷とでやりくりしております」

日々踏みこたえている比嘉の言葉に触れると、健之は今しも泣き出しそうな表情になった。

「すまんことです。貴重なお米を……。日中はトーチカ造りと軍事教練。夜には農作業と休む間もなく、命がけにて働いてくださる方々には、われら帝国陸軍兵士、衷心よりお礼を申し上げる」

健之が深々と頭を下げると、川野もホッと胸を撫でおろした。

頭を上げた健之に、比嘉はにこやかな笑みを浮かべて、新たな皿を薦めた。

「スクガラス豆腐と言って、小魚の塩辛を乗せた豆腐であります。みなさまのお口に合うかどうか……」

小鉢に箸をつけながら健之は、ひょっとするとこれが西洋で言うところの、最後の晩餐になるのかもしれない……美味なる食べ物を味わい、ほほえましい家族談笑に耳を傾ける。

これほど心和む時間は、金輪際自分たちには訪れないかもしれない。しかし、慎ましくも健気に生きる沖縄の人々は違う。沖縄の大地に根を張るうちなんちゅは、何としても生きてほしい。自分たちが差しかざす日本軍の力が、正真正銘頼るに足るべき存在となることを心より願った。

大本営にあって作戦の指揮をとる、陸大出の高級軍人は死を賭した戦闘の矢面には立たない。だからと言うわけではないが、その頭脳の企図するところは定かではない。沖縄を本土の盾にするのか、トコトン守り切れというのか。

反面、自分たち兵卒は、沖縄であろうが満洲であろうが一瞬一瞬死と向き合っている。それは敵する兵士も同じだ。手足がバラバラになる。内臓が四散する。顔が首で切断される。火炎で体が炭になる。いかなる死に姿が待っていようと、ひるんではいられない。逡巡している暇などないのだ。果たすべき役割は果たす。守るべき存在は守る。累々たる屍に身を投じようと、守るべきもののために命を捧げる。殿上にある天皇ではなく、沖縄の人々を守るためだ。

本土から糧秣を運ぶ輸送船が、何隻も沈められたせいで、移駐当初から米は足りていない。それでも、使われていない校庭の一部、飛行場の空地を耕して野菜を育てた。さらに村人たちから届くもらい物などもあって、三度の御飯はかろうじて充足していた。

その朝も、飛行場を守る健之の分隊は、飯盒で拵えた水っ気の多い雑炊もどきに口をつけようとしていた。甘藷が栗のようにキラキラ光を放って、すきっ腹に食欲をそそる。

健之が数秒香りを味わい、木匙《さじ》で掬《すく》おうとした時、飛行場南東上空から不気味な爆音が忍び寄った。健之は外に出て小癪な音の正体を見上げた。爆撃機の群れが、北飛行場めがけて雁行飛来し、爆弾投下をしかけようとしている。接近する台風を隠れ蓑にした奇襲攻撃だ。

グラマンか、健之は直感した。間髪を置かず川野が、味方の演習やろか？　とんちんかんを口にだす。

同じ時刻、与那城で甘藷を育てる金城恵光《きんじょうけいこう》は、平安座崎《へんざさき》と浜比嘉《はまひが》の中間を、雁行飛翔する爆撃機の塊を目撃した。反射的に畑作業の鍬をほったらかし、住まいに駆け込んだ。地下足袋のまま、震える手で電話をかけた。久松六勇士の名が頭をかすめて消えた。

「馬鹿を言うな。そんな連絡はいっさいない。民間人がおたおたするな」

警察署にいる巡査が、ちょっと待て俺が観てくる、と言い残して受話器を置いた。ややあって、わかった間違いない、それだけ言って即座に電話を切った。

その手で巡査は第三十二軍監視部に連絡した。ところが、そこでもまた驚くべき対応が待っていた。しろうとの哨戒じゃあおいそれとは信用できん。ただそれだけだった。巡査は忌々しくて地団太を踏んだ。

「全員、配置につけ」

健之の声が炸裂した。

一九四四年十月十日、午前七時前、巨大化した鳥の群れと見まごうグラマン爆撃機が来襲した。不意を衝くあまりに突然の出来事。沖縄守備軍は誰もが目と耳を疑った。上は司令官から下は一兵卒に至るまで、寝耳に水の突発事だった。

グラマンの波状攻撃は、息苦しくなるような激しさだった。苛烈極まりない空襲は、真珠湾もかくあらんと思わせた。健之ら兵士と村人の手で仕上がったばかりの滑走路に無数のロケット弾が降り注ぐ。その破壊力は大地を引き裂くかとも思えるすさまじさで、またたく間に滑走路は、穴だらけの瓦礫の山と化していった。

掩体壕に格納された陸軍爆撃機は無事だったが、誘導路や駐機場に停まっていた爆撃機は、飛び立つ間もなく破壊された。逃げ惑う日本兵には頭上から、尽きることない機銃掃射が浴びせられた。防空壕に駆け込む間際に被弾し、息絶えた者も多かった。

「寺川に撃たせろ。計器は役に立たん」

健之が叫ぶと、俺に任せろ、と言わんばかりに寺川が他を押しのけた。方位角も仰角も計測によらず、歴戦のつわもの寺川が勘を頼って砲手をつとめた。

狙い定めるいとまもない。算定員川野にはそう見えた。寺川は飛来するグラマン機を目測で捉え、高射砲弾を放つ。いったん放ってしまえば、こちらの居場所が露見する。敵の機銃掃射が集中する。防弾は、コンクリート製掩体のみが頼りだ。ロケット弾の直撃さえなければ、高射砲を撃ち続けられる。

岩陰のトーチカに陣取る別の高射砲が、低空飛行するグラマンに狙いを定めた。高度一万メートルに満たなければ、何とか届く。算定班が測距儀を駆使した綿密な計算で割り出した角度に向け、砲手は発砲した。しかし、手元が狂った。狂喜乱舞する敵砲弾の中、いつしか砲手は冷静を欠いていた。

冷静を欠いていたのは日本兵だけではない。グラマンの中にも狼狽の故か、投弾の標的を外した者がいた。ロケット弾は飛行場外に建つ民家に着弾。瞬時に家屋は木端みじんとなった。食糧庫と弾薬庫も焼失し、飛行場は掩体壕を除いて灰燼に帰した。数少ない友軍機の半ばは駐機中に破壊され、半ばは、いったんは飛び立つも、二次攻撃にて全機撃墜された。

大狼藉を繰りだしたならず者は、やがて残波岬に去り、再び体制を整えて飛来するかと思われた。しかし破壊し尽くされた北飛行場と中飛行場を素通りし、編隊は那覇に向かった。飛行場施設に限らない攻撃。健之は無差別の爆弾投下をうける那覇を危惧した。

十月十日の那覇空襲によって、那覇の港と市街は九割が燃え尽きた。停泊中のあらゆる船舶が燃え上がり、逃げ遅れた市民が命を落とした。言い逃れのできない無法な無差別爆撃であり、軍民合わせて七百人近い犠牲者を生み出した。完膚なきまで破壊し尽くして夕方、鬼哭秋秋たる静けさの中、グラマン、カーチス、コルセア爆撃機は、はるか東方洋上の空母艦隊めがけて飛び去って行った。

帰艦途上、発動機音だけが漏れ聞こえるグラマンの操縦席にリチャード・ベルマンは体を沈めていた。投下した焼夷弾が炸裂して、一気に燃え上がる那覇の町並みが前面ガラスに浮かび出る。木の家は激しく燃える。思い知らせてやったぞニップども……声にならぬ独り言。いい気味だ、タップリ真珠湾のお返しだ……今度は小声で呟いた。すると、前面ガラスのむこうで煙る雲間に、やつれた老人の姿が投影された。リチャードが目を凝らすと、その老人は、手にした杖をこちらに向け、汝殺すなかれ。とだけ言い残してまたたく間に雲に紛れた。

モーゼは俺の言い分を一言も聞いてはくれなかった。物事には、事の次第ってものがある。俺たちはただ、真珠湾の復讐をしただけなのだ。遅ればせながらの復讐だ。咎められるいわれなどない。リチャードは胃の奥から酸っぱい液がこみあげてくるのを感じた。後味の悪さに、にわかに熱が冷めた。

十・十空襲が与えた影響は多岐に渡った。

第三十二軍司令部が置かれた首里城周辺は、幸いにして被弾を免れた。その理由は知るよしもないが、眼下に広がる惨憺たる戦禍を見れば、この空襲が、沖縄殲滅戦の嚆矢であることは明白だった。

司令部は第一に、さらなる要塞の堅牢化を図った。ロケット弾の集中砲火をも蹴散らす頑強さを目指した。その上で、司令部中枢をすべて地下に潜らせた。文字どおり戦闘継続を目途とした、比類なき地下要塞の誕生であった。

一方、住居を焼かれ失った人々は呆然自失の只中にあった。那覇中心部の泉崎、久茂地から天然の壕や急造の防空壕、あるいは周辺の宜野湾、豊見城、糸満などに避難した人たち。空爆のあと那覇に戻り、破壊し尽くされた町を目の当たりにして、成すすべもなく立ち尽くすばかりだった。

住まいだけではない。働く場所や学校まで消失し、被災者は何から手を付けるべきかわからない混乱に直面していた。海上では輸送船のみならず、小型の漁船まで撃沈され、陸上では、軽便鉄道の車両線路にいたるまで破壊切断された。前途に光明の片鱗さえ見いだせない混沌のなか、ただ一つ、被災した殆どの市民に芽吹いた思いがあった。沖縄と日本を救うためには即刻この戦争を終らせるべきだ……。

本島近海で敵艦船が多数集結している事実にまったく無能な警戒網。さらには、敵艦載機から投下される焼夷弾、ロケット弾、機銃掃射に効果的反撃を成しえなかった防衛部隊。絶望的な現実を思い知った沖縄の人たちに、軍の司令官とは正反対の、冷静沈着なる悲観論が湧き上がった。木端みじんに破壊し尽くされて、空々寂々と静まり返った那覇の町がそう訴えているように感じられるのだった。

ところが、滑走路応急修理が完了した十月十三日、零戦を先頭にした三百余機の友軍機が、本土から北、中、小禄の各飛行場に飛来したのである。大空襲の悲嘆を覆す友軍機の出現に、読谷山の兵と民は歓喜に沸いた。

翌日、台湾沖航空戦にて日本軍が大勝利を果たしたと報じられた。翌々日も同様の報道が相次ぎ、悲観論は急激に後退した。そしてその報道が偽りに等しい過大なる戦果報告によるものであることは、後日判明することになる。

八

一九四五年正月、読谷山には沖縄らしいうららかな風が吹いていた。大晦日の昨日吹き荒れた北西風とは、くらべ物にならないそよ風だ。

十月の空襲以後も、健之の高射砲大隊は、機関砲第一〇五大隊と共に読谷山に引き続き駐留した。空襲によって破壊された高射砲陣地を再建し、米軍再度の襲来に備え、砲撃可能の状態を確保した。

起居する建屋が破壊され、そのあとにサトウキビの殻や松の木枝や竹をかき集めて屋根をふき、掘っ立て小屋を建てた。沖縄の暖かさが幸いした。

十一月になって、独立混成第四十四旅団第二歩兵隊は現地防衛召集者も加え、読谷山から北上し本部《もとぶ》半島に移動した。さらにその一部は、海を渡った目と鼻の先に浮かぶ伊江島に移動を重ねた。

海戦中核を成す航空母艦の新建造に当てる材料逼迫が起因している。航空母艦の代替として、大本営は沖縄のいたる所に飛行場を造った。不沈空母の役割を担うためだ。飛行場が増えれば増えるほど、沖縄県民の不安も増幅したが、頼りの飛行機は杳として現れなかった。

三本の滑走路を備えて、東洋一と謳われる伊江島飛行場もその一つだ。日本軍自慢の零式艦上戦闘機が、いつの日か群れを成して飛び立つ模様を、兵士たちは思い描いた。しかし、その主役たる戦闘機が、未だ見当たらない。それでも、来たるべき日のために、滑走路を守る。米軍との激突がいよいよ迫ってきたことに疑いの余地はないのだから。

飛行場中隊から漏れ聞くところでは、十月二十日、アメリカ軍はフィリピン・レイテ島に上陸を敢行し、日本軍を圧倒した。アイシャルリターンを実現し、念願のフィリピン奪還が果たされたとなれば、マッカーサー将軍は勇躍台湾、沖縄、日本本土に兵を進める。健之ら兵卒に限らず、住民の大半も切迫した現状をうすうす感じているのだ。十月十日の空襲以降、その不安は靄のように沖縄を重苦しく覆っている。

民間人を無差別に攻撃する凶行に及んだことは即ち、米軍が沖縄を地獄絵図描写の画布に決めた証なのだ。なのに疎開を避けた住民たちはただ指をくわえ、鬱勃たる日々を送るしかない。成すすべもなく見ているしかないのだ。願いはたったひとつ、この戦いの終結だけだというのに。

いい、しようぐっち、でーびる……年があけた一月一日、老婦人が健之たちに正月の挨拶をしてくれた。

「よい正月でありますね。と言ってはるんやね」

沖縄言葉に馴染んだ川野が、脇から言い添える。

一九四四年、昭和十九年二月、マーシャル諸島クエゼリンとエニウエトクが陥落。三月に入って始まった北インド・インパール戦も七月撤退。さらに続いてサイパン玉砕、八月はテニアンとグアムの玉砕。一九四四年に起きた敗北の連鎖は、来たるべき沖縄の悲劇を暗示していたようだ。大本営はその事実を把握しているものの、ひた隠しの姿勢は変わらず、沖縄守備の実際を担う兵士と沖縄県民は曖昧な風聞に頼るしかなかった。

しかし十・十空襲は、そんな曖昧さを吹き飛ばし、恐怖を現実のものとした。次は台湾か沖縄。その程度の見当はだれにもつく。年明けて一九四五年、昭和二十年。それまで、取り越し苦労かもしれないと思っていた死の恐怖が、足音高く迫ってきていた。

「分隊長さん、わざわざすみません」

婦人の背後から顔を見せたのは平良だ。

「沖縄のお正月、楽しみにしてまいりました。これが最初で最後になるかもしれませんしね」

笑えぬ軽口を受けて、平良は困惑の表情を見せた。気まずさと沈黙を拭い去ったのは平良の母だった。

「しょうぐっち、なちかさん、だめさー」

「正月は、悲しいのはだめよ。私の母が心配しております」

「つい口が滑った。申しわけない。お母さんの言うとおりだ」

「母が腕によりかけてこしらえた正月料理味わってもらいたいです。正月餅のナントゥー、ムーチー、豚の三枚肉やタピオカ、泡盛と煙草も用意しております。いったいどこから工面してきたのやら……」

とぼけ顔で平良が伺うと、母親はパッと笑顔になって、

「蛇の道は蛇?」

「それも言うなら、餅は餅屋だよ母さん」

そこでやっと、平良家玄関先の空気がほんわかと和んだ。

「餅といえば、沖縄は丸餅ですやろね。切り餅ですか?」

興味津々の面持ちで川野が、さらに雰囲気を和らげた。

「切り餅ですよ。本土の餅と違うのは、黒砂糖と赤味噌を混ぜるところですね。甘いんですよ」

赤味噌とは……健之がぼそりと言った。にわかに懐かしさが込み上げてきた。

「名古屋は折り紙付きの赤味噌好みです。いやあー、実に嬉しい。沖縄でも赤味噌が好まれているとは」

「名古屋では、お正月にいただく料理はどんなものがありますか？」

わかりやすい言葉で平良の母親が訊ねた。涙が滲んでくるようなありがたい問いかけに聞こえた。

「母が毎年用意してくれるのは昆布巻き、黒豆、紅白なます、くわい、田作り、あたりが目ぼしいものですね。何年もお目にかかっておらんけれど」

「ならば、余計にお招きした甲斐があるというものです。沖縄の正月を故郷の正月だと思って堪能していってください」

平良の言葉に甘えて、久々に正月気分を味わった健之たちだった。頭の片隅には死の不安が揺らめいていても、そのひと時は影をひそめた。

おせち料理の食材にお国柄はあるにせよ、華やぐ新年の空気に変わりはない。しかも気温は二十度。後にも先にも初めての快適この上ない正月だ。寒さで縮こまる満州とは天と地の差だ。叶うなら、永遠にこの極楽が続けばよいのに……気が緩むのも無理からぬ兵士たちであった。

神輿を据えてしばらく、泡盛の酔いが回ってほろ酔い加減になったころ、読谷に衝撃が走った。生涯初の麗しい正月を台無しにしたのが、年明けそうそう現れたＢ29だった。けたたましい空襲警報の中、健之と平良たちは、慌てふためいて近くの防空壕に逃げこんだ。不意打ちを食らったのだ。

読谷山は三が日を含めて、一月に三度空襲に見舞われた。年も改まったというのに、この先ますますＢ29の機銃掃射が荒れ狂うのかと思うと、兵隊も沖縄県民もなお一層戦々恐々となった。

しかし予測に反して二月に入ると、アメリカ軍の攻撃の手が少し緩んだ。その間隙をぬって、四十四旅団隷下の独立混成第十五大隊が、南東部太平洋に突出する知念半島に移った。とは言え、沖縄が気の休まることはなかった。次に何か来る、次に何か来る。そんな強迫観念に、兵隊も県民もさいなまれていたのだ。

「どんなお話でしたやろ？」

二月なか頃、健之は中隊長から呼び出された。悪い予感を抱きながら、健之は重い足取りで隊長室に出向いた。話が終わると待ちかねた川野が、小走りで近寄ってきた。

「いよいよだな。どこから来るのかはわからんのだが、とにかく何百というアメリカの軍艦が動き始めたらしい。すでに狙いは定まっているだろうが……」

「沖縄だろうか？」

大方の予想を寺川が口に出した。

「県南駐留の、あの精鋭第九師団が、年末に台湾に移動したとも言われている。だとすれば……」

「台湾やろか？」

「川野、思い付きを口に出す前に、もうちょっとじっくり考えてみろ」

「この沖縄と台湾のほかに、どこがありますの」

「本土にも空襲が始まったというぞ」

容赦ない寺川の言葉。川野はガックリ肩を落とした。まさか本土にまで……。

「日本じゅうどこにいたってアメリカに狙われている。真珠湾の何十倍、いや何百倍何千倍の日本人をすでに殺しているのだから、いい加減勘弁してくれてもよさそうなもんだが……」

寺川が切実な弱音を吐いた。意気地なしとも捨て鉢とも受け取れる発言だが、それをとがめる者は誰もいない。

その日を境に、臨戦態勢が強化された。しかし実態は強化とは名ばかり。人員と物資の増援があるわけでもなく、哨戒機が飛んで敵艦隊の動向を探るわけでもない。もっぱら忍の一文字を念頭に置き、いつとも知れぬ米軍の来襲を待つのみだ。勇猛なる実弾は勇猛なる闘争心でもって迎え撃つしかないのだ。

誰が始めたのかはわからぬが、いつしか部隊の内部で遺書をしたためたり、遺髪を切りおいたりする者が相次いだ。いら立つ憂患の日々に終止符を打ち、この地沖縄に骨をうずめる決意の証左だった。

ところが、沖縄守備軍の予測は外れた。二月六日に西太平洋の停泊地を出発した米国の大艦隊は、小笠原諸島硫黄島に向かったのだった。二十平方キロあまりの小島、硫黄島。この島を制圧するためにアメリカ軍は、当初予測の五日間を大幅に上回る一ヶ月を費やさざるを得なかった。

九

一九四五年、三月二十三日早朝、アメリカ軍による激しい空襲が読谷山に加えられた。一週間ほど前から繰り返し繰り返し飛来した爆撃機が、ついに堰を切ったように北飛行場に襲いかかった。

村山健之の野戦高射砲第八十一大隊は北飛行場を確保すべく奮闘した。飛来する艦載機に一か八かの高射砲攻撃を仕掛けたが、火山噴火のごとき艦砲射撃と空爆すさまじく、八門の高射砲は三日間の砲撃によってすべて破壊されてしまった。大隊は守るべき己の陣地を奪われる結果となったのだ。その時から、独立混成第四十四旅団隷下にある野戦高射砲第八十一大隊は、中頭首里地域にある無傷の高射砲陣地を求めて転戦する移動部隊となった。

一九四五年三月の米軍波状攻撃を締めくくったのが、四月一日の上陸作戦だった。千五百隻を数える戦艦と、五十万の戦闘員。ノルマンディー上陸作戦にも匹敵する陣容で、米英連合軍は沖縄に襲いかかった。艦砲射撃と空爆は、これまでに焼きはらった同じ場所を、これでもかと言わんばかりに粉砕し焼き尽くした。

自軍の艦砲射撃と空爆が一息ついた。砂浜に日本軍によって仕掛けられた機雷と拒馬、鉄条網はことごとく破壊されただろう。上陸を邪魔する物理的障害物は排除された。ゼロ戦の飛来はないだろう。味方の艦載機が周辺海域で応戦撃墜するはずだ。しかも一週間前に、沖縄増援部隊を満載した日本の輸送船団を、わが軍は全滅させている。援軍は来ないのだ。とっくにこの島は孤立しているのだ。孤立しているだけではない。三月二十六日に占領した慶良間諸島神山島には、ロングトムという巨大な大砲が設置された。射程二十キロメートル。沖縄は、自国の領土から本島が攻撃される惨めな有様となった。残るは日本軍歩兵がしかけてくる銃爆撃弾と高射砲攻撃だけだ。

アンソニー・ファーラーが乗った上陸用舟艇は、白波を蹴って進んでいた。死ぬはずはない。防護策は必要かつ十分に講じられている。とは言え、猛烈な爆撃によって肝をつぶした日本兵が、死に物狂いで攻撃してくるかもしれない。不安と恐怖にはとっくに慣れっこだ。グアムと同じだ。それでも体に震えは来る。死にたくないからな。いよいよだ。上陸の時だ。

艦砲射撃と空爆が頗る効果的であったことは、米軍上陸部隊が実証した。なぜなら、日本兵が迎え撃つはずの高射砲も軽機関銃も小銃も、まったく発砲がなかったからだ。思ってもみない無血上陸が実現した。海兵隊員は歓喜雀躍、開放感のあまり羽目を外す者が続出した。

鼻歌伴奏ででスイングダンスに興じる者。「アズ・タイム・ゴーズ・バイ」を小声にて口ずさむ者。それにつられて、「わが母の教え給えし歌」を高歌放吟する者が現れた。しかし、そのくらいならまだましなほうで、無防備甚だしい連中などは、揚陸艦がシャーマン戦車や重火器を陸揚げする脇で、砂浜に大の字に寝そべり缶ジュースを飲み干すという大胆さであった。

一方、アンソニー・ファーラーは気ままにはしゃぐ気には到底なれないでいた。それどころか、まわりの物陰や斜面の岩陰にするどく目を光らせていた。いかなる些細な不穏も見逃さない。万が一この無抵抗が罠であれば、取り返しのつかない事態になる。杞憂に終われば、それはそれで一気呵成に進軍す契機になるだろう。

ニップは米英の風を食らってずらかったようだな……デレク・ブライアンは小銃を右手に持ちかえた。

「と、見せかけているだけかもしれんからな、ゆめゆめ警戒は怠るなよ」

「みなまで言うな。承知の助だ。あんな暢気な奴らばっかりじゃ、ニップの思う壺かも知れんからな」

小銃を構えてブライアンは、読谷山の丘に狙いを定めた。その時、胸のポケットから小さな木片が落ちたが、ブライアンは慌てて拾い、元のポケットに収めた。

なに、グアムで拾った人形さ。そう言い添えると、フィル・ダンバーが、

「陸揚げされている戦車の数が凄いぞ。沖縄の島が沈んじゃいそうだ」

面白くもない冗談のつもりか、謎めいた薄笑いを浮かべた。

「火炎放射砲戦車は頼りになる。洞窟が無数にあるらしいからな。洞窟ごとニップを丸焼きにしてやりゃあいいさ」

デレク・ブライアンは、時折冷酷な一面をのぞかせる。

「敵兵とは言え、ジャップだって豚じゃないんだ。丸焼けなんかにゃあしたくないよな。俺なんか、そこまで酷いことはしたくないんだほんとうは」

「トニーは優しいな。だけどだよ、俺たちが手を下さなくとも、ジャップ自身、自分の子供や親たちの命を奪っているんだぞ。手榴弾で自爆したり、剃刀で喉をかっ切ったり、包丁で刺し殺したりしているんだ。渡嘉敷島と座間味島に上陸した奴らが、あまりに陰惨で可哀そうで、その場でしばらく立ちすくんだそうだ」

「俺は、そういう血なまぐさい残酷な場面に立ち合いたくはない。たとえ自決だとしてもだ、俺たちの侵攻がそうさせていることに疑いはないからな」

「大統領選挙目当てもあったんだ。あの大統領は権力への執着が強い。次の選挙を目指して、真珠湾の失態を帳消しにしたいと強く願ったんだ。開戦はお偉方の御意志だ、逆らえないんだよ。俺に言わせりゃあ、手前らがやればいいものをさ」

「グアムでも慶良間でも起きた。そして沖縄でもきっと起きるだろう。心を鉄のように強靭にしておかないと、精神を病むことになるぞ。知性と人間性は軍人の恥だと言う上官もいるんだからなトニー」

「アメリカにいた時が、俺の戦意は最高だった。実際に戦場に来て闘っていると、だんだん戦意が失せてくる。何びとであれだ、人間を虫けらのようにいたぶることに堪えられない。一日も早く、アメリカに帰りたいよ。元はと言えばだ、厳戒していたはずのジャップに真珠湾を奇襲されたほうに手抜かりがあったんだからな」

「あの大統領は日本人に好意的だ、もともとはな。祖父さんが万次郎とか言う日本人と知り合いで、その人柄に惹かれたんだ。しかし真珠湾で変わったんだな、尊敬から憎悪へ」

「飼い犬に手を噛まれたって口惜しさか。それにしてもだ、もういい加減にしてもらいたいね。充分すぎるほど仕返しは成った」

ヘルメットをかぶり直したアンソニーは、鬱憤を晴らすように、勢いよく岩から立ち上がった。

沖縄上陸後の四月五日、読谷に米国海軍軍政府が置かれた。これによって沖縄は、日本本土から政治的に分離され、日本政府の権限は完全に絶たれたのである。

読谷山に陸揚げされた数百の戦車と五万人の歩兵は、沖縄を南下する部隊と北上する部隊に別れた。沖縄本島首里、那覇を含む中部の国頭地域。その南から摩文仁に至る島尻地域。他方、国頭以北は山原と呼ばれる。アンソニー・ファーラーが所属する部隊は、人口の少ない山岳地帯である北部山原方面に進軍した。

十

沖縄防衛第三十二軍隷下独立混成第四十四旅団合編の独立混成第十五大隊は四月一日、太平洋に面する知念半島にあって、米軍上陸の報告を受けた。この海岸にも米軍の強襲上陸があるかもしれない。なにしろ十・十空襲の侵入経路だった。そう思うと緊張が連隊を支配した。

他方、第四十四旅団第二歩兵隊は、第一大隊と第二大隊ともに前年の十一月から、読谷山北方に位置する本部半島八重岳に布陣していた。総員三千名。そのうち、第一大隊八百名は海を隔てる伊江島飛行場の守備隊である。米軍上陸の報に接し、両部隊は立てこもりを決意した。

空白となった読谷山の海岸に無傷の上陸を果たしたアンソニー・ファーラーの小隊は山原をめざして北上していた。南下した首里攻撃部隊は、苦戦を強いられているらしいが、本部半島で日本軍との小競り合いを始末すると、それ以後、北に侵攻した部隊は際立った反撃は受けなかった。散発的な攻撃はあったものの、それぞれ個別撃破を果たして、日本軍を本部半島から追放し、確実に内陸部に追い詰めていった。

上陸から数週間が経ち、小隊は本部半島はるか北、奥間川を遡った河岸集落にいた。空爆の被害を免れたのどかな小村に駐屯していたのだ。主な任務は、そこに設置された通信基地の防衛なのだが、投降した民間人を米軍スパイと称して殺害する日本兵が現れたという報告があり、敗残日本兵を掃討する索敵のためパトロールに出るのも任務のひとつであった。

夜陰行動でシャーマン戦車の先導はなく、三人一組で探索に出た。その夜は小隊の中から、ケンドール、グラント、サイモンが当番になっていた。M1ライフル、三十八口径ブロウニングという軽装備であったが、さしたる不安は感じなかった。

艦砲射撃の跡が痛々しい真っ暗な砂浜に、鉛筆画のような陸地が弧を描き、静謐な湾を形作っている。三人が海沿いにのびる道を進むと湾の彼方から、正体不明の人の群れが出現接近してきた。暗さがわざわいして兵隊か民間人かの区別がつかない。三人は胸騒ぎと緊張を強いられた。彼らの中に、日本兵が紛れこんでいるかもしれないからだ。民間人の格好を偽装してアメリカ兵に近寄り、手榴弾を見舞う攻撃が頻発している。

怪しい奴は殺してもいいいんだよな。ケンドールが声を震わせた。

「俺が確かめてやる。早まるなよ」

サイモンが舌打ちをした。

「決めつけちゃあいけないからな」

相鎚を打ったのはグラントだ。

その間にも、島衣裳らしき集団と三人の兵士が徐々に接近する。一方は、少しずつ山側により、兵士の一行は少しずつ海側に寄って歩く。どちらからともなく、相手方を避けるような位置取りになる。サイモンが、止まれと大声を出した。集団は止まらない。もう一度サイモンが止まれと叫んだ。言葉が通じないのか。

ケンドールが突き放されたように飛び出した。そして間髪を入れずM1ライフルの引き金を引いた。アッと叫ぶいとまもなく、非情悲惨な現実が目の前に出現した。恐怖に耐えかねたケンドールが、集団の先頭めがけて発砲したのだ。赤ん坊を背負っていた男と女が斃れていた。赤子の一人は片腕をもがれ、別の一人は無傷だった。その赤ん坊がたちまち目を覚まし狂ったように泣き出した。極度の緊張が爆裂したケンドールは躊躇いもなく泣きじゃくる赤子に銃を向けた。泣き声の大音声が、ケンドールに震え上がるような狂気を注ぎこんだのだ。

疑いのない殺人行為。平時なら犯罪だ。しかし戦場ではしばしば繰りかえされ、そして許される。ケンドールは罪を問われることもなく、涼しい顔で原隊にとどまり続けた。

赤子殺害から三日後、ケンドールは更なる狂行を重ねた。米軍に恭順の意を示し、穏やかに暮らす母と娘が暮らす民家に侵入して、ためらいもなく娘の自由を奪い強姦した。彼は強姦罪で憲兵隊に目をつけられる身となった。

四月中旬から下旬にかけ、本部半島の日本軍は生き残った鉄血勤皇隊、護郷隊の少年兵とともに八重岳から多野岳に退却した。同じ頃、伊江島に上陸を企図したアメリカ軍は、粗略な予測に反して六日間を費やしたが、激戦の末に守備兵をねじ伏せ島を占領した。

爆雷を背負って突入を敢行する日本兵の自爆攻撃。竹槍を構えて襲いかかる婦人の攻撃に手を焼いたものの、物量に勝る上陸部隊は畢竟日本軍を殲滅したのだった。兵士たちが父親のように慕っていた従軍カメラマンのアーニー・パイルが、流れ弾に当たって命を落とさなければ、この勝利はまさに完璧な勝利だった。ともあれ、沖縄北部は、上陸一か月を経ずして米軍の支配下に入った。

十一

アンソニー・ファーラーら第六海兵師団第二十二連隊は本部半島を制圧したのち、五月初め激戦の様相を呈する首里攻防戦に投入された。四月十二日、ルーズベルト大統領が高血圧による脳梗塞で亡くなり意気消沈したものだが、五月七日、ドイツが無条件降伏したとの報がもたらされ、部隊の戦意は異様に高まった。

同じ頃、読谷山を離れてのち、首里防衛線の前田高地、小波津、翁長陣地と激闘の地を転戦した独立混成第四十四旅団隷下の野戦高射砲第八十一大隊も、首里防衛のため西原村陣地の洞窟に布陣していた。嘉数の戦い、前田高地の戦いと相次ぐ敗北にもかかわず、残存兵士たちの戦意は、いまだ微塵も衰えてはいなかった。

首里の北西、天久台地の南東に位置する安里五十二高地。首里を守る橋頭堡たるこの丘を、米軍はシュガーローフと呼んだ。小高い丘陵を成すその一帯を、勇猛果敢な正面攻撃で第六海兵師団は突破を敢行したのである。

対する日本軍歩兵は、知念半島から転戦した独立混成第四十四旅団隷下の独立混成第十五連隊が対峙した。兵力が明らかに劣ると読んだ第三十二軍参謀長、長勇中将が糸満から鹿児島に渡って援軍を懇願したが、聞き入れられなかった。

小高い丘の頂上は、一日のうちでさえ、日米が何度も占領を繰り返した。かわるがわる頂きに挑む決死の攻防。シャーマン戦車に砲弾を抱えて飛び込む自爆作戦。体当たりの特攻攻撃を目撃すると、米軍兵士たちの神経は千路に乱れた。余りの激しさと犠牲者の多さに、将兵たちが口々に吐露する、迂回が得策との進言もついに顧みられることなく、多くの若い海兵隊員と日本兵の尊い命が砕け散った。

屍が屍を繰り出す防衛本能の連鎖。肉体は肉片となって千切れ飛び、精神は人事不省の呪縛にかられて狂気の深淵に沈む。肉体も精神も人間たるべき有機的結合を失ってしまったのだ。

命を盾にする戦闘なら、悲惨かつ残酷で容赦ないのは仕方あるまい。おまけに敵を欺く戦術策略は常套手段だ。しかしたったひとつ救いがあるとすれば、それは疑いなく、まっ正直な命のやり取りだということだ。思い上がりもない。さげすみもない。ねたみもない。そんな些末な情動が割り込む隙などない。その意味で神聖な行為ではある。血塗られた神聖。血に飢えたる神聖。すべての人間が分け隔てなく幸せに生きるためには必要のない神聖。この神聖のために、人類は数えきれない命を歴史の中で捧げものとしてきた。何に捧げる生贄なのか、いまだ知る者はいない。一週間の激闘を終えた五月十八日、安里五十二高地に星条旗が翻った。

血塗られた神聖は、常に存在するとは限らない。およそ戦場であれば、兵士たちの恐怖と緊張は解きがたいが、真っ向勝負の死闘はさほど多くはない。それ以外の戦闘、たとえば掃討戦、たとえば索敵戦、いわゆる支配を確立した領域内の戦闘においては、些末な情動が悪魔となっ兵士を支配するきらいがある。見るも聞くも堪えぬ人でなしの所業はそんな時に起こる。

嘉数高地、前田高地、安里五十二高地と日本軍の決死の防戦もことごとく敗北。四月八日からひと月以上にわたり、中頭地域を木端みじんに蹂躙した激戦は、五月十八日終止符を打った。しかし、混乱と悲しみの極みにある那覇の町には、見捨てられ置き去りにされた兵士や民間人が残された。

日本兵掃討戦は、沖縄の海兵隊に課された重要任務だ。天然の壕や巨大な亀甲墓が兵隊と民間人の避難場所となっていたからだ。

おい、止まれよ……目ざといダグラスが、
またもや壕の入口を嗅ぎつけたようだ。

「今さっき、手榴弾をお見舞いしたばかりだぞ。血祭りもあんまり過ぎると胸が痛むってもんだ」

その場を行き過ぎ先を行く分隊の兵士から声が上がった。

「潜んでるニップが夜中に切り込んで来たらどうする」

「心配なら勝手にやればいい」

「マリナー、そんなわけにはいくまい。ダグラス一人におっつけるのはまずい」

班長の一言が利いた。

「わかりました。援護します」

渋々マリナーが自動小銃を構えた。

ダグラスは、枯れかかった丈の高い草を小銃の先で勢いよくはぎ取った。奥にある五十センチ四方程の木板が現れ、おもむろに手をかけた。所々穴が空いているのは空気孔だろうか。確かに獲物がひそんでいる。

出て来い。ダグラスが大声で投降を呼びかけた。マリナーは小銃を構えたまま後ずさった。しかし返事がない。発砲もない。マリナーは見立て違いだと思い小銃をおろした。その途端、ダグラスが手榴弾を壕の中に投げ込んだ。白燐弾だった。やがて煙幕を破って、母親と小さな女の子が現れた。二人とも白燐弾からもらった青い光を身にまとっていた。燐光が、その衣服と肉体を焼き溶かそうとしていた。母親は自分の燐光に構わず、子供の着衣から燐光をたたき落とそうと必死だ。にもかかわらず、子供に取りついた燐光はさらに勢いを増し、小さな肉体は見る間に火ダルマとなり肉が溶けて息絶えた。傍らでダグラスは、その一部始終に目を奪われながら、狂った妖怪のごとく笑い転げ、叫声を発し続けていた。

「なんで白燐焼夷弾なんか使った？」

分隊はまた動き始めた。マリナーはダグラスを咎めた。

「いっぺん使ってみたかっただけだ。どんな苦しみ方をするか興味があったんだ」

「お前には想像力ってもんがないのか。ちょっとは頭を使え」

「まあそうカリカリするな。戦場でしかできないことは一杯あるんだ。現にだ、日本兵の死体から金歯を切り取ってる奴だっているんだぞ」

「困った奴だ。戦死した人間の人定証拠を奪っているんだ。ただ、死体が相手だ。生身の人間ではないぞ」

思わずマリナーは語気を荒げた。

十二

五月中頃、アメリカ軍の索敵から逃れた野戦高射砲第八十一大隊は、安里五十二高地戦の戦禍大きく、兵士の数は半数以下に激減していた。死者の埋葬中に、作業兵士が被弾してさらなる戦死者が出た。そのため寺川を含めた戦死者戦傷者を戦場に置き去りにした申し訳なさにさいなまれながらも、大隊は次の高射砲陣地を模索した。勢いに乗る敵軍の攻撃をかわすには、逃げ道はやはり南しかなかった。

南風原東の與那原に到達すると、太平洋上に停泊する数十隻の米国艦船が目に飛び込んできた。

「いよいよ挟み撃ちだな」

健之が泥だらけの顔を強ばらせた。

「東シナ海と太平洋やね」

川野はわかりきったことを口走った。それから、泥がくい込んだ長い爪で額をひっかいた。泥とも垢ともつかぬ塊が落ちた。

陣地を構築したときの記憶をたよりに、大隊は心当たりの場所を捜し歩いた。しかし、艦砲射撃と空爆と戦闘によって焼け野原と化した與那原は見る影もなく、どうにか陣地壕を探し当てた時には、残り少ない兵士皆涙がこぼれた。ただ、その場もたちまち哨戒機トンボの嗅ぎつけるところとなり、長い安寧とは無縁だった。米軍の侵攻はとどまるところを知らない。東海岸に集結した戦艦による艦砲射撃連日すさまじく、さらにシャーマン戦車を頼む海兵隊による自動小銃の炸裂が、残り少ない日本兵の命を奪った。このありさまは、すでに戦いとは言い難く、日本兵狩りと呼べる様相を呈していた。

昼間は偵察機トンボが頭上を徘徊して、こちらの動きをつぶさに掌握する。夜は夜で、曳光弾が絶え間なく放たれ洞窟の外に出ることさえできない。ろくに炊飯すら叶わないのである。連夜忌々しさがつのって、健之たちが安眠できる夜はなかった。

死地に活路を見出だすため、大隊は決死隊を組む手筈となった。小禄の海軍基地から重機関銃分隊も合流して、押されっぱなしの戦況を一挙に反転させる目論見を立てた。追い詰められた兵隊は夢を見るものだ。高射砲部隊から十一人の班員が選ばれた。受け持つべき高射砲がことごとく破壊された今、砲兵は銃剣頼りの歩兵となった。

死臭と湿気が満ちる天然の輿那原陣地洞窟から脱出できるだけで、健之と川野はありがたいと思った。

さして遠くない場所にある上輿那原陣地と名付けられた新しい塹壕陣地。それは見るからに頼りない、薄い掩蓋《えんがい》を被った狭い掘り下げ空間であった。その窮屈ささえ我慢できるなら、青い空、新鮮な空気。ともに輿那原洞窟では望みえなかった自然の恵みがあった。しかも何故かその一帯は敵弾の襲来がなく、平穏そのものであった。

五月十九日、敵兵の姿なきをよいことに、決死隊は初年兵の入隊祝いを兼ねて、ぼた餅をこしらえる算段を立てた。御飯の玉を甘藷のあんでくるみ、変わり種ぼた餅に仕上げるつもりだった。陣地壕の入口前と内部で、米と甘藷を煮る湯気が立ち上った。

「敵はんに悟られんやろか？」

米鍋から吹き上がる蒸気を前に、川野が掩蓋を見上げた。

「来るなら来いだよ。ここまで切羽詰まったら、覚悟はできているってことよ。そんな心配より、外に出て甘藷の搗《つ》き具合を聞いてきてくれ」

同僚の斉田が川野に頼んだ。

「おいもさんの餡やね」

心持ち目を丸くして、川野は入口の方をうかがった。

「贅沢はいえない。これが今は精一杯のご馳走だ」

健之がそう言い終わらぬうちに、耳を打ち砕く大音声とともに、至近距離に迫撃砲弾が着弾した。入口の外には、煙硝と砂煙が立ち込め、その煙が陣地の中にもどっと流れ込んできた。

慌てて外に出ると、健之と川野は悲惨な光景を目にした。甘藷搗きをしていた上等兵と、その傍らで今後の作戦行動を話しあっていた少尉、軍曹、兵長が一人残らず倒れていたのである。少尉は仰向けの格好で喘いでいる。軍曹は両足首切断のまま転がり、兵長は足腰を押さえて血にまみれている。続く迫撃弾も気にならず、健之と川野は皆を陣地内に収容し、川野たちに応急手当てを任せた。健之は暗闇迫るなかを輿那原陣地に走った。隊長にあらましを報告し、衛生兵を手配してくれるように頼んだ。

二人の衛生兵と健之が陣地に取って返した時には、すでに軍曹は絶命していた。少尉と兵長と二上等兵の四人は、瀕死の重傷ではあるが、生存いかんはこの先の治療次第との見立てであった。そこで、至近の野戦病院壕である大里に四人を後送する手はずを整えた。

まず深手を負った上等兵二人を担架に乗せて運んだ。砲弾の嵐をまともに受けた地表はいたる所穴だらけ。しかも雨のせいでぬかるんでもおり、担架を手にした歩行は困難を極めた。

水を欲しがる怪我人に、衛生兵が我慢を強いる。

「喉が渇いた。水をくれ」

虫の息が訴える。

「死んでしまいます。我慢してください」

衛生兵は丁寧に、しかしきっぱりと拒否する。

「一滴たりとも飲まない。口をすすぎたいだけなんだ」

再びの懇願に衛生兵は心折れて、すすぐだけですよ、と渋々言って水筒の口から水を含ませた。二、三秒口の中で転がしてから、上等兵は勢いよく水を吐きだした。衛生兵と健之は胸をなでおろした。

ところが、野戦病院壕がなかなか見つからず、余計な時間をさかれているうちに上等兵は息絶えてしまった。健之は衛生兵に頼んで、彼の残された遺族のために遺髪と遺爪を切り取ってもらった。

興那原周辺にアメリカ軍が強固な布陣を敷いている現実を思い知らされた。稀に無傷の区域があったとしても、そこに日本兵が進出すると、即座に迫撃砲や榴弾砲が撃ち込まれる。何もかもすべてがお見通しなのである。無警戒に見える海兵隊の兵士と遭遇しても、迂闊に攻撃を加えると、その何十倍にも及ぶ火力で反撃される。友軍の兵士は日に日に数を減らしていった。首里攻防戦敗退をもって、沖縄戦は決着したものと感じられた。兵士民間人の区別なく、それはだれの目にも明らかだった。五月二十三日、與那原陣地は壊滅の憂き目を見た。

十三

シュガーローフの戦闘で、第六海兵師団第二十二海兵連隊第三大隊エル中隊が被った損害は甚大であった。二百四十人だった兵員が僅か七十人にまで減っていた。

あんな丘にどんな価値があるんだ……次々と失われ行く戦友たちの命。腹に据えかねたアンソニーは、作戦を立てた手練れの上官を憎んだ。命を的に最前線で死闘を担うのは、いつだって俺たち新兵だ。若いからといっても命に値打ちがないわけじゃあないのに、熱に浮かされた上官は、俺たち新兵をけしかける。あの丘がそれほど大事なら、お前らが戦えばいい。日本兵だって、将校が挑みかかってきたら怖れをなして怯むに決まっているのだ。何しろ歴戦の強者なんだから。

シュガーローフで若い命を落とした戦死者はみな、読谷山に造成された仮墓地に埋葬された。

「俺たちの兵の亡骸は、かりそめにも墓地に眠っている。神様のおぼしめしだな」

「日本兵のそれは、大半が野ざらしで、ほったらかしだ」

フィル・ダンバーが十字を切った。

デレク・ブライアンの墓には白い木製の十字架が立っている。アンソニー・ファーラーと二人やっと訪れたデレクの墓であった。

日本人の民間人捕虜が、続々と運ばれてくる戦死者のために、墓所を囲う縁石の施工作業に汗を流している。黙々と作業するその姿を目にして、アンソニー・ファーラーは偽りのない思いを漏らした。日本兵にだって親兄弟もいるだろうに……。

シュガーローフを攻略したあと、中隊は部隊再編を余儀なくされた。人員補充と新たな布陣での戦闘訓練のためだった。その合間を縫って、トニーとフィルはデレクの墓参りに訪れたのだった。並んだ墓の多さにも驚いたし、早くも日本人捕虜が、芝整備と墓所を縁どる縁石施工に使役されているのにも目を疑った。自分たちがある種の平和をもたらしたと考えたとたん、ふと心をよぎったのが、瓦礫同然に踏みつけられ、死肉腐敗した日本人兵士たちの亡骸のあり様だった。

「斃《たお》れた日本兵も、戦争が終われば、きっと先祖の墓に戻るだろう」

「それが叶うためにも、金歯を切り取ったりするのはもってのほかだ」

そう言ってから、アンソニー・ファーラーは瞑目して十字を切った。

五月三十日、新生中隊は、那覇南部国場川と安里川の接続運河を渡った。五月二十七日、陥落した首里を放棄して南部島尻摩文仁に後退敗走する日本兵を追撃するためだ。

一五三〇年頃造られたという、石造のアーチ橋真玉橋《まだんばし》はすでに破壊され国場川を渡河できない。自分たちの力で、仮設の組み立て橋を架けて渡ると、対岸には勾配の緩いだらだら坂が続いていた。

入梅らしい薄暗い空のもと、中隊は日本軍が集結しているという津嘉山陣地包囲作戦に参加していた。小禄海軍基地から海軍陸戦隊が出陣して、海兵隊の行く手を阻んでいた。

中隊は南北二手に別れてその坂を進んで行った。隠れ場所がない見晴らしの良さ。坂のてっぺんから見下ろせば、兵の動きは手に取るようにわかる。ただ、坂の途中に身を隠すのにうってつけの窪地があった。

「あの窪地を目指して走る、いいな。二人一組だ。別々の路をとれ」

分隊長が号令すると、みな即座に脚を踏ん張った。ゴー合図を受けて、先発が獲物を追う猛獣となって駆け出した。次を待つアンソニー・ファーラーは、裏から回り込む別働隊が頼みの綱だった。

てっぺんには白い戦車と見まがうばかりの亀甲墓がある。コンクリートで固めたその両端から、陸戦隊が狙い澄ましたように機関銃の火を噴かせた。三秒、いや五秒くらいかもしれない、いきなり機関銃の音がやみ、代わりに大地を揺るがす大音声が轟いた。と同時に、人間の首や腕や脚、大きなコンクリートの塊までもがうす暗い空から降ってきた。登坂途中の兵たちは目指した窪地に飛び込み、草の中に蹲《うずくま》って難を逃れた。待機組は、驚天動地の激震を感じてその場で蹲った。

裏から回り込んだ別働隊の仕業だった。思慮浅い一人が、亀甲墓の中に手榴弾を投げ込んだのだ。その墓は弾薬庫として使われているかもしれない、決して手榴弾を投げ込んではならん……上官の存在をないがしろにする者は、時として命令に耳を貸さない。手榴弾を投げ込んだ本人は、爆風をまともに食らって若い命を閉じた。ニップは最後まで諦めない。捕虜にするより皆殺しにしたほうがいいんだ……彼の口癖だった。

アメリカ軍の犠牲者は一人だった。日本兵の肉体はばらばらに解体されて空中に舞いあがり、落下して安里台地の土塊に混ざり込んだ。丘は完全に制圧された。皮肉なことに、その勝利が弾みとなって、中隊は待ち構える日本海軍陸戦隊を撃破することができた。

十四

五月二十六日、首里から逃れて第三十二軍は喜屋武半島に撤退を開始した。喜屋武の摩文仁には、第九師団と第二十四師団が沖縄駐留直後に構築した陣地が残存し、弾薬、糧秣も師団充当量は確保されていた。

退却か転進か、言葉はともかく、米軍は日本軍の行軍途中、猛烈な火力と空爆で追撃を加えた。袋の鼠に等しい日本軍。死に場所を求めて、唯一残された南部退避を完遂するためにも、多くの困難がともなった。

首里、識名、津嘉山、東風平、新垣、真栄平、摩文仁、退却路はこの一本道しかない。その道以外は、あらゆる方角から米軍が押し寄せている。ところが、その道に限り、ある目的を持って敵が空白にしているかのようにも思えた。

しかも天の助けと言うべきか、梅雨時のせいか、何日も雨が続いたおかげで、米軍の動きが鈍ったのはもっけの幸いだった。健之ら野戦高射砲第八十一大隊の生き残り五人は、首里からではなく、東部、與那原から空白の撤退路に合流しようとしていた。目指すは総反撃の地、島尻摩文仁であった。

與那原陣地壊滅の二日後、五人は西進途上で、とある集落にたどり着いた。死んだ馬のはらわたが腐って放つ死臭。数をも知れぬ友軍兵士の遺体。道路端にはこれでもかこれでもかと五人の神経をかき乱す光景が続いた。しかしやがてそれにも慣れっこになった。

樹木がすっかり焼けはらわれた小高い山があった。その麓に、今にも崩れ落ちそうな民家が建つ。黍《きび》がらを燃やす若い男が一人、炎を背にして立っていた。

「ここはどこですやろ?」

泥だらけのゲートルの群れが、男に歩み寄った。雨が小降りになっていた。

「コチンダ村」

男が無愛想に言った。五人がそろってまごつき顔になると、

「東風吹かば、のコチと漢字の平。それで東風平」

「風流な名前やね。沖縄でも春一番吹いたやろか?」

川野が記憶を辿ってみたが、心当たりがない。

春一番ね……、ちょっと首を捻ってから、

「ニンガチカジマーイ、がそうかもしれないね。二月の風回り。新暦なら三月さ」

「六月は初夏なのに、梅雨時は案外寒いんやね沖縄も。火に当たっていると気持ちいいわ」

「せめてゲートルだけでも乾かしていかれたらいいさ」

言いながら男は、揺らめく炎の下から、程よく焼けた藷を掻きだした。

「たらふくとは言えんけんど、食べていってください」

三本しかない甘藷を、半分ずつ分けあって五人頬張った。その甘さは胃袋からたちまち全身にしみわたり、疲労困憊の兵に若やいだ生気をよみがえらせた。ひと時、疲れが影をひそめた。

ええっと……

「新垣です。新垣大志」

「新垣さんは、ひとり暮らしですか。家族はどうされたんですか……」

少し迷いはあったが、健之は気になって訊ねた。

「両親と嫁、みんな亡くなっちゃった。野良作業中に爆弾にやられた。私だけ役場に行って助かった。おまけに家も傾いた」

新垣が指差した先には、半径五メートル位の被弾孔があった。

「すまんことです。迂闊でありました」

健之は深く頭を下げた。

「気にせんで下さい。兵隊さんだって大勢戦友を亡くしているでしょう。少なくとも私の家族は、故郷沖縄の土の上で永眠した。だが、兵隊さんたちは、故郷からはるか離れた地で斃れた。しかも、瓦礫かゴミのように放ったらかされている。無残極まりない。アメリカが憎らしいさ」

「鬼畜アメリカですから」

「僕だってそう思う。だけど、これほど叩きのめされているくせに、早う降参せんほうも悪い」

新垣の真っ正直な言葉に、五人が戸惑い、言葉を探している時、六人の輪に兵隊がひとり近寄ってきた。

どちらの部隊ですか……健之が声の主を振り返ると、伍長の襟章だ。

「あっ、伍長殿。私たちは、野戦高射砲第八十一大隊であります。知念半島輿那原陣地壊滅により、摩文仁を守備する新たな高射砲陣地を捜しております」

「たった五人でか」

「高射砲陣地さえ見つかれば、五人でも見事敵を撃退して見せましょう」

「わかったわかった。あんまり意気がらなくてよい。俺たちは、あの丘の中腹にある壕におる。一緒に来なさい。今温かい飯を準備しておるから、ちょうど良いではないか。飯を食べて腹ごしらえをしてゆけ」

渡りに舟なのか地獄に仏なのか、天の助けとも言えるお恵みはあるものだ。五人は新垣に続いて現れた救いの主に心から感謝し、仏様のようなお顔に、両の手を合わせたいくらいであった。

言われるまま伍長について行くと、人手によって掘られたとわかる壕の奥で、さっそく温かな飯をご馳走になった。盆と正月が一緒に来たようだな、と五人喜びあっていると、そこに年長の准尉が現れた。さっそくで悪いが、と切り出すと、今夜斬り込み隊に加わって欲しいと頼まれた。所属部隊を失った者は皆わが隊に編入される、と明かす口振りは命令に他ならず、有無を言わさぬいかめしさがあった。

矢野兵長、上田、滝沢の三人が、それぞれ手榴弾八個を割り当てられて斬りこみ隊に加わった。健之と川野は擲弾筒《てきだんとう》の打ち手を任された。小雨降る中、山上にある水浸しの蛸壺陣地にこもり敵兵来襲に備える。米軍の放つ照明弾が、夜通し東風平の夜を照らし出し、その光景はめくるめく天体現象を思わせる。敵弾が創り出す宇宙。にっちもさっちもいかない日本軍と沖縄県民。アメリカが支配する宇宙の中で、なぜか自分が生き延びている事実。多くの兵と民間人が斃れているのに……。生とは、神秘的で不可解なものだと、訳の分からない思いが胸中に浮かんでは消えた。

その夜、斬りこみ隊は戻らず、健之と川野は朝まで気をもんだ。さらにあくる日も終日連絡がなく半ば諦めかけていると、東の空が白み始めた頃、兵長が負傷して病院壕に担ぎ込まれたと報告が入った。

東風平の病院壕に兵長を見舞う暇もなく、生き残った二人と健之、川野の四人は第二十四師団山部隊司令部のある輿座に移るよう命じられた。司令部なら、高射砲部隊の居場所がわかるだろうという、少佐の口添えだった。

雨が降り続くなか、東風平に後ろ髪ひかれる思いを残しつつ、輿座の司令部に到着したのは五月二十六日の夕刻だった。文字どおり流浪の兵である。しかしその流浪も、この輿座で終わるだろう。仄かな希望は、敗残の中のわずかな光明に思えた。

さすが司令部が陣取る壕だけあって、内部は意気軒昂の様相顕著であった。発電機が満足に稼働しているのか壕内は明るく、じめじめとした湿気もなかった。輿那原陣地とは雲泥の差である。敗北続きの今、こんな立派な壕があったとは……四人はにわかには信じられずおのが目を疑った。

曹長に案内されるまま、壕内の一角で濡れ鼠と化した衣服を着替えていると、彼が思いもかけぬことを喋りだした。

「聞いておるか。読谷と嘉手納の飛行場に我が日本の義烈空挺部隊が降下し、敵軍を壊滅せしめたということだ。そしてさらに十日間、空挺部隊は続々飛来するぞ。勇気凛凛ではないか。猛反撃の時は近いぞ」

それだけ言って颯爽と去って行った。

やっとその日が来た。待ちに待った増援部隊だ。これまで何度となく肩透かしを食い、期待を裏切られてきたが、遂に土壇場の今、首里から摩文仁に逃れ、まさしく第三十二軍が崖っぷちに立たされた今、大本営はやっと助けの手を差し伸べてくれたのだ。沖縄が倒れれば日本が倒れる。沖縄を守れば日本が守れる。これは自明の理のはずだ。

何十日ぶりかで、胸のすくような満足感に浸り、生きていてよかったと川野ともども喜びあった健之だった。しかし、当てにしていた高射砲部隊の居場所は不明のまま、その夜慌ただしく、四人は山部隊戦闘指揮所設営のため、新たな土地、新垣に移動するようにとの命令が下った。

輿那原、東風平に比べると、新垣周辺は艦砲射撃の傷痕はまばらであった。トラックの前照灯に照らし出される道路上に、被弾孔は目立たず、頭上に飛来する空爆の機影も少なかった。心のゆとりとは不思議なもので、トラックに揺られていると健之は、ひとりでに「ワルキューレの騎行」を鼻歌でなぞっていたらしい。

その歌は何ですか？

上田に問われて健之は我に返った。

「……」

「西洋の音楽のようでしたな」

「ひょっとすると、ワルキューレかも知れんな」

「西洋音楽などご法度やないですか」

真顔で心配する川野に、

「ドイツ人の作った曲だよ。西洋といっても敵性音楽ではないから、咎められることはなかろう」

「無条件降伏した国では、縁起が悪いのではないですか」

口数少ない滝沢がつけ加えた。

「悪いといえば悪い。ワルキューレに導かれて、俺たちは死者の国に行くのか、生者の国に行くのか、ここに至ってなお定まっていないのだからな」

「そんな弱気じゃいかんでしょう。御覧なさい、両側の家の軒先を。お爺ちゃんも、お婆ちゃんも、幼子をおぶったお母さんまでもみんな、明日をも知れぬ不安からか沈んだ表情ばっかり。あの人たちが笑顔をとり戻すように、私たちがしっかりせんと……それにしても、ワルキューレというお人は、殺生与奪を握る閻魔様みたいなお方やね」

川野が足速に行くトラックから見送る人々に敬礼すると、五、六歳の子供がキリッと唇を結んで幼い敬礼を返した。

新垣に着くと、健之たちはさっそく大工仕事に駆り出された。師団長室、作戦室、炊事場を手早い作業で造り上げ、最後に発電機を設置稼働させて、師団長を迎える体制を整えた。それが終わると、四人の仕事は水汲みへと変わった。炊事場と発電室が必要とする水は極めて多い。五百メートル離れた泉まで、大きな醤油樽を天秤棒にぶら下げて、日夜幾度となく往復するのである。

大人だけではない。年端の行かぬ子供までも、頭上に水瓶を載せてその道を通う。時折トンボの偵察が行き過ぎたかと思うと、決まってそのあと、喜屋武沖あたりから艦砲射撃に見舞われた。運んでいる樽と瓶をかばいつつ一目散に被弾をかわすと、やっぱり覆水盆に返らず、水はすっかりこぼれてしまっているのであった。

五月二十九日夜になって、山部隊師団長の中将がこの新しい指揮所に移ってきた。見かけからは、恰幅が良く威風堂々の趣が窺えたが、退却の末の移動拭いがたく、物腰に覇気が欠けているように映った。

いっ時は胸をときめかせた義烈空挺部隊到来の報も虚報だと判明した。これで本当に、万事休すか。師団長も兵も、絶望の淵に追いやられ重苦しい空気に包まれた。

軍隊とは不可解な組織だ、と健之は実感する。特に負け戦にあっては、戦力のいかん、戦況のいかんにかかわらず、自軍のいかなる勝利報道にも分別なく縋りつくのである。そしてにわかに、戦闘意識を高揚させ、勝利の可能性を信じる。負けても負けても、生きている限り勝利を信じる。とことん追い詰められても勝利を諦めないから、敵は日本兵を恐れるのだ。

六月に入ると、健之たちは師団副官に呼び出された。水汲みに明け暮れる毎日が、高射砲部隊砲兵にふさわしいのかどうか、疑念が生じはじめていた。

「遅ればせだが、高射砲司令部の居場所が今日判明した。第三十二軍司令部が摩文仁に移るという大混乱の渦中だ仕方あるまい。司令部は真壁の先の米須にある。お前たちはそこに行って指示を受けろ」

躍り上がらんばかりのときめきを抑え、健之たちは、粛々と移動準備に取り掛かった。

その間にも、移動を聞きつけた山部隊の戦友たちが、別れを惜しみに訪ねてくれる。地図を持ち込み、その面上で目的地を教えてくれる兵。台所当番兵は、雑嚢いっぱいに食糧と缶詰めを持たせて無事を祈ってくれる。そして最後別れの時には、明日をも知れぬ互いの生存を願い、うちそろってビールを開けたのだ。言葉に言い尽くせぬ感謝の念を抱きつつ健之たち四人は山部隊指揮所をあとにした。

「それにしても、あるところにはあるものやね」

「軍隊なるものは、伏魔殿に似てしかりだな。魔法を使う妖怪がいるようだ」

川野と上田の思いは、四人全員の思いだった。命を盾にして戦い、幾千の命が散った首里攻防戦。一敗地にまみれ、死を覚悟で籠った輿那原陣地での血みどろの戦闘。飲み水、糧秣にさえ窮したあの時はいったい何だったのか。すべてに事欠き、雨水さえむさぼり飲んで、その果てに沖縄の大地に斃れた兵たちが哀れでならない。戦争の理不尽を思わないわけにはいかない。

真壁を過ぎて米須に入り、行き違う兵に尋ねると、高射砲第八十大隊の居所がわかった。松林の中に溶け込む本部には、八十大隊の兵たちが大勢いて、百年の知己に会ったごとく、懐かしそうに様々な話を聞かせてくれた。八十大隊は当初、嘉手納の中飛行場に駐屯し、米軍上陸後は首里の防空任務に当たっていたと言う。首里陥落後は、識名に後退し、第八十一大隊の一部とも行動を共にした時期もあったようだ。

さらなる驚きは、健之らが帰属する野戦高射砲第八十一大隊本隊の帰趨を知る者がいたということだ。その兵によると、八十一大隊は隊長以下本部兵士らが、首里攻防戦にて斬り込み隊を組織し戦闘に赴いた。しかも、第二中隊、第三中隊の幹部候補生たちは、そのほとんどが対空戦闘中に戦死したと言う。勇猛果敢な野戦高射砲第八十一大隊は、その時点ですでに壊滅状態にあったのだ。前田高地にて進撃するシャーマン戦車を一撃で仕留めた八十一大隊も、その時点ではすでに風前の灯火だったのだ。

その日の夜、四人は真栄平に移動した。狭い山道を、縺れるような足取りで行軍したのには訳があった。八十大隊の副官から、頼みの高射砲司令部は真栄平にあると聞かされたからだ。與那原陣地脱出から十数日。探しあぐねた高射砲司令部に、紆余曲折の末やっとたどり着けると思うと、いても立ってもいられなかった。これでやっと死ねる。たとえ道端の、ごみ瓦礫となって屍をさらそうとも、高射砲部隊の兵として死なば文句はない。むやみに心が勇んで、明日が待てなかった。

途中野宿を余儀なくされたものの、翌日の夕方ついに健之たちは、思いこがれた高射砲司令部に到着したのである。興奮冷めやらぬままにその足で、健之たちは司令官に面会を求めた。煙草を燻らせる数人の将校を前にして、健之は與那原陣地脱出から今日に至るまでの足取りを伝えた。中隊全滅、斬り込み決行の大隊本部消失。その結果、二百人以上あった兵員数がたった四人になって身動きのとれぬ今、高射砲司令部のもとで指揮を賜りたいと訴えた。ことさらに誇張を廃し、淡々と正直に話したつもりだったが、語り終えると健之の額には汗がにじんだ。

「四十四旅団の奮闘ぶりは聞いておる。ここでしばらく骨休みをしろ。悲観は禁物だ。全滅と言われる部隊にあっても、生き残っている者がおるはずだからな」

煙草をもみ消しながら、一人が労をねぎらった。すると隣の将校が、煙草をふかしたまま尊大に、

「四十四旅団の本隊は今、八重瀬岳攻防の任にある。具志頭《ぐしちゃん》方面だ。そもそも、お前たちの了見は、帝国軍人らしからぬ無定見である。たとえ配属は高射砲部隊といえどもだ、砲も弾も持ち合わせぬならば、お前らは歩兵そのものだ。よってだ、我ら高射砲司令部を頼られても何もできん。任務もない、食料もない。頼るなら四十四旅団が筋だろう。上部組織であるのだから」

怒気を交えた剣幕で言い捨てると、鋭い目つきで四人を睨みつけた。

四人を襲ったのは激しい動揺であった。頭が攪乱し、足元に震えがきて、危うくその場で崩れ落ちそうになった。ただ、もしそうなれば帝国軍人たる我が身を一層なじられかね

ないと危惧し、それぞれが全身の力を振り絞って持ちこたえた。

再びみたび、川の水底を転がる小石にも似た生活が始まった。一面の焼け野原とまではいかなくても、すでにそこここに艦砲射撃による被弾孔がある。遥か洋上にはアメリカ艦船の放つ曳光弾が煌めく。存在を誇示する敵艦船が目と鼻の先にいるというのに、日本軍機による攻撃は皆無だ。絶望的とは、まさにこういうことかも知れない。

「高射砲司令部の仕打ちには、あてが外れたよな」

小休止する山陰で、滝沢が愚痴をこぼした。トンボ哨戒機が小うるさく上空を旋回して耳触りこの上ない。

「褒められるとは思ってはいなかったが、ご苦労、くらいのねぎらいはあってもよかったのに」

上田が空に舞う音に目をやった。

「怨み言はあきまへん。煙草なんかふかして余裕綽々みたいやけど、すぐにでも始まるやろう敵総攻撃のことで頭がいっぱいなんじゃあないやろか」

意外にも川野は、少尉の露骨な邪魔者扱いをさして気にしてはいないようだ。他人の身を案ずる余裕などないと言うなら、それは否定しない。破滅がすぐそこまで迫っているのだから。だからと言って、敵に回すに事欠いて、味方をも敵に回してなんとする。天皇を最高司令官として頂く恐れ多き皇軍も、この時にいたり、友軍をないがしろにする共食い集団となり果ててしまった。

当てのない壕探しが始まった。山裾のなだらかな斜面には天然の洞窟が多い。そんな聞きかじりの知識を頼りに、健之たちはそろそろ底をつき始めた雑嚢を背負い重い足取りで歩いた。しかし、目ぼしい天然壕はとうに住民と兵隊であふれ、四人の割り込む隙すらない。結局その夜はままよとばかり、とある岩陰で眠ることに決めた。

照明弾が夜っぴで飛び交う大地に抱かれると、何もかもが幻に似て輪郭をなさない。ただ幼い日の父母と故郷の思い出のみがよみがえり、重い瞼から涙がこぼれた。

翌日、敵機来襲の合間を縫って健之が水汲みに出かけた。その途上、国頭地域から島尻に逃れくる人々の多さに驚いた。引きも切らず押し寄せる人の集団を見ていると、いったいこの人たちは寝起きする宿の目当てがあるのだろうか、と切実に心配してしまうのであった。

鍾乳洞の中にある薄暗い水汲み場で順番を待っていると、背後から健之に声をかける者があった。ハッとして振りかえると、以前同じ中隊にいた関口だった。

生きていたのか……髭だらけの顔が白い歯を見せた。

「お前らは、斬り込みに出て全滅したと聞いていたぞ」

「噂には尾ひれがつくもんだよ。とくにこんな負け戦じゃあな」

「なん人いるんだ、お前たち。俺たちはたった四人だ。往生際が悪いとそしられそうだが」

「高射砲陣地はほとんど壊滅したからな。それにしてもこっぴどく叩かれたもんだな、たった四人とは。俺のところはまだ二十人余りは残っているぞ」

「うむ、そうか。にわかに闘志がわいてきたぞ」

「しかもだ、明日あたり、大岩少尉率いる二十数人が、この真栄平に戻ってくるはずなんだ。まあ、無事ならばの話だが」

関口から居場所にしている壕のありかを教えてもらい、翌日必ず会いに行くと約束して別れた。

六月五日、健之ら四人と、大岩少尉率いる歩兵隊二十三人が、真栄平の壕で再会を果した。土埃にまみれた顔。伸びっぱなしの髪と髭。汚れ放題の軍服。みな、苦闘の日々が察せられるいでたちだ。

「安里五十二高地だったたな。高射砲の一撃で突進するシャーマン戦車を撃退したようだな。三十二軍牛島司令官から、感謝状を授かったのは名誉この上ない」

少尉が窪んだ目を閉じた。雨が止み梅雨明けも近いというのに、壕の中ではどこかで水滴が滴り落ちている。

「はるか昔の出来事です。あたうれば爆撃機を仕留めたかったのですが……今では砲もなければ弾もありません」

「そこは敵もよく知るところだ。摩文仁防衛のために輿座岳と八重瀬岳にて戦う今、シャーマン戦車を堂々と押し立てて進軍してくる。われらには抵抗する手立てがない。見透かされているのだ。局地戦で対抗する以外に方法はないのだ」

「我々四人では、それもままなりません。少尉の隊に加えてもらえませんか」

「わかった。この地に寄る兵を糾合して新たな隊を作ろう。最後の決戦に向けて、みんなの力を合わせようではないか。心から信頼できる者同志、年齢も階級も超越して命を捧げよう。階級と規律の隊から、信頼と思いやりの隊に変わるのだ。命を預ける軍隊なればこそ、上意下達より信頼の絆をこそ大事にすべきだろう」

その言葉を聞くと、健之は目頭が熱くなった。人間の心の通う軍隊になれば、高射砲司令部で受けた冷淡な仕打ちはなくなるかもしれない。

「心の温もりのある軍隊。この世界にあればありがたいです」

「味方同士思いやりでつながっているのは心強くもある。ただ、敵には情けなどかけられない。戦争の目的は殺戮だからな。俺は思うんだが、日本は国際連盟を脱退すべきではなかったとな。国際組織の一員であれば、必ず助けてくれる人が現れる。だけど今は助けてくれる人がいない。世界に背を向けた報いで、四面楚歌極まれりだ」

米軍が控えていた空爆は、避難者の急増につれて激しくなった。壕はおろか、崩れかけた民家や物置にまで人々が溢れた。すると艦砲射撃や空爆が狙い澄ましたようにやってくる。すべてが敵の掌中にあるのであった。

六月七日、砲兵や通信兵など、技術畑の兵士を寄せ集め、真栄平で特編第三連隊が編成された。その夜、大岩少尉は健之ら十名を残し、激戦地輿座岳麓に出陣した。川野と健之の別れの時が訪れた。

残された十人は、最後の決戦に備えろと大岩少尉から厳命され、そのためにもまず、安全な壕を探さなければならない。真栄平から西隣の真壁に移った。どこもかしこも壕という壕、洞窟という洞窟は、避難民と兵士で溢れていた。真壁を諦めて、次は南に下ろうかと考えていた時、甘藷畑の只中に簡易造りのトーチカを見つけた。南に向いた銃眼からは喜屋武岬が見え、西に向いた銃眼からは糸満方向が見えた。簡易構造とは言え、米軍の曳光弾と機関砲弾が飛び交う屋外よりはましに決まっていた。

十人が身を寄せ合うトーチカに、二十五ミリ機関砲弾が着弾したのは翌日だった。島尻一帯は、すでに蟻地獄と化し、そこから這い出る隙はこれっぱかりもなかったのだ。五人が死亡し、二人が被弾した。健之は被弾した左脚が動かなくなった。

負傷兵となって、健之はこれまでと異なる恐れを抱くようになった。自由が利かないということは、戦場では即、死を意味する。這って進める体力が残っているうちはまだ一縷の望みはある。そのわずかな体力さえなくした負傷兵はついに路傍の土塊となる。そんな何千という屍を健之は目にしてきた。負傷兵は敵砲弾の嵐から即座には逃れられない。つまり味方の足手まといになる。退却の際に毒薬や手榴弾を渡され、自決を迫られる哀れな存在であるのだ。

グラマンと敵艦砲による攻撃はいよいよ苛烈さを増した。翌日にも同じトーチカに着弾があり、さらに二名が死亡した。狙われているのが確実になって、残る三人は五百メートルほど離れた山部隊診療所壕に移ることにした。軍医は明らかに難色を示したが、拒絶されるには至らなかった。

医療器具がないので、いっさい治療は施されない。ただガーゼが交換されただけであったが、それだけでも、出血とあふれる膿に悩まされる身にとってはありがたい限りであった。しかし、翌日、特編第三連隊の負傷兵が十数名戻ってきた。川野が戦死した悲報を知らされたが、健之は悲しんでいる余裕はなかった。待ち構えていたように山部隊の中尉が

現れて、

「寄せ集めの技術屋兵団の限界だな。敢闘むなしく負傷兵続出だ。ねぎらってやりたいし、治療も受けさせてやりたい」

恩に着ます。と誰かが言うと、中尉は突如眉を曇らせて、

「そうしてやりたいところではあるがだ、上官から命令が来た。自軍の負傷兵以外はみんな追い出せとな」

そんな……中尉の横に立つ看護婦が虚ろな声を上げた。あどけない素顔の女学生のようだ。ひめゆり部隊の看護兵か？

南風原にあった陸軍病院壕には、三千人の負傷兵が入院していた。軍医、衛生兵のほかに、ひめゆり部隊と呼ばれる沖縄女学生による看護婦たちが働いていたと聞く。この病院壕でも、ひめゆり女学生たちのキビキビとした看護に助けられるのだろうか。

「お前らの苦衷を思んばかれば、心砕けんばかりだ。だが、上官には逆らえん。頃合いを見計らって出て行ってくれ」

中尉殿……怯まず、かたわらの看護女学生が口を挟んだ。

「中尉殿、私は納得できません。命を繋ぐべき私たちのなすべきことではありません」

瞳に抗議を込め、口元をへの字に結んで、彼女は中尉を見据えた。

「わかっておる。命令は伝えた、いいな。その命令に従わずだ、お前たちが勝手にここに居座ろうとそいつはお前らの自由だ。いいな。確かに命令は伝えたからな」

中尉の下命は下命として、健之たちはそのわずかな思いやりに縋《すが》るしかなかった。どこといって行くあてのない特編第三連隊の一群は、苔の一念を持って居座り続けた。負傷兵を戦禍激しい屋外に追いだすとは、いかに上官といえども、帝国軍人の分別ある行為とも思えなかった。

三日間山部隊病院壕に留まり続けた六月十三日、高射砲大隊の軍医が偶然やってきて、特編第三連隊の負傷兵を見つけた。彼の言葉に救われ、移動困難な重傷者を除く五人が、高射砲大隊の病院壕に移る手筈となった。

今度こそ原隊の壕である。健之、滝沢、上田、新たに行動を共にする山本と竹田は血と膿だらけの互いの身をいたわりつつ、あらんかぎりの力をふり絞って這《は》い歩いた。道の両側には累々たる日本兵や農民の遺骸が積み重なっていたが、彼らの霊を悼《いた》む余裕すらなかった。

隣村、真壁の洞窟まで、負傷兵らは互いに励ましつつ進んだ。どうにか耐えぬいて、目的の壕にたどり着いた時には、どっと涙が溢れてきた。汚れた軍服で涙を拭いつつその壕に入ると、健之は中にいた顔ぶれに驚いた。

與那原陣地壊滅のときまで共に戦った曹長が先客となっていたのだ。

生きていたのか。偶然の出会いは、このセリフが決まり文句だ。健之が満面の笑みで瞬きをすると、

「この壕は俺たちの壕だぞ。お前たち負傷者は足手まといだ、余所を捜せ。歩けん負傷兵をかばいながらの窮屈な戦いなどごめんだからな」

と機先を制してくる。予想外の冷淡さに返す言葉もなく、健之たちはすごすごとその場を立ち去るしかなかった。

「米英軍の波状攻撃は言うに及ばぬところだが、うち続く友軍の裏切り攻撃にも、叩きのめされているな、俺たちは」

壕探しを諦めて、糖黍畑の真ん中に大の字を決め込んだ五人は、恐るべきものは何にもないと開き直った。

「ここまで追い詰められた負け戦。降参した日本兵はいないのだろうか？」

「いるとしたら、海軍だろうな。兵の命を大事にするし、その勇気もある」

「わが陸軍には降参する臆病者などおらんと……」

「支那でも満洲でも、陸軍はほとんど負け戦知らずだ。ここまで敵にいたぶられる戦争など戦ったためしなどない。だからとて、いまさら死ぬまで戦うというお題目を変えるわけ

にもいくまい。その挙げ句がこのざまだ」

久々仰ぐ真っ青な空。薄暗い壕から放り出された惨めさは残るが、焼野原とは言え、新鮮な空気に包まれていると、口も軽やかに動く。傷口に巣食う蛆虫を、一匹残らず捻りつぶしてやりたいと願いつつ、五人は声高らかに憤懣をぶちまけた。

誰一人、こんな畑の真っただ中で聞いている者などいないと思えば、ますます饒舌になりそうであった。体が随意に動かせぬ分、舌は滑らかに動く。この時とばかりに、自由闊達に喋りあっていると、相変わらず、間断なく敵砲弾が身辺に落下する。数メートルまじかに炸裂すると、もうこれでおしまいかと、手でもって足と頭を触ってみる。まだある、まだある。まだ生きている。そんな俎上の魚にも似た日々が四日続いて、六月十七日。突拍子もない事態が生じた。

艦砲射撃の合間を縫って、畑の端を転げんばかりの勢いで駆けて行く者がいる。健之がありったけの大声で呼びかけた。

「止まれ。何があった」

日本兵とわかり、兵士はさっそくに立ち止まった。

「真壁に米軍が入った。すぐそこまで迫っている。逃げたほうがいい」

それだけ伝えると、兵士はさっさと走り去った。その数百メートル後ろから、これも兵士と同様、土と埃にまみれた沖縄衣装の避難民たちが列を成して歩いてくる。艦砲も空爆も、その黒い一団を意図して避けているようにも見えた。そしてさらに吃驚すべき現実が彼らの遥か西方にあった。

シャーマン戦車が数両黒い姿をさらけ出して、何か構築作業に勤しむ米兵を護衛しているではないか。間違いなくアメリカの先遣部隊だ。白昼堂々と避難民をしり目に、トーチカ造りか通信線敷設を行っているのだ。

「奴ら、陣地造りか。うどの大木ども」

憎々しげに上田が吐き捨てる。

「大木だって、武器さえあれば恐れるにたらずだ。小兵といえども倒せるはずだ」

滝沢の負けん気は相変わらずだ。

「とうに武器など手放した。残るは自決用の手榴弾だけだ。逃げるしかない。米須に下がって、東の摩文仁に行くか、西の喜屋武に行くか考えよう。ひとまずここは、米須を目指そう」

健之は腹を決めた。

北からは迫撃砲と空爆、南からは艦砲射撃。さらに、西から時々刻々押し寄せる海兵隊と歩兵部隊。応戦逞しい北部国頭支隊に合流するには、米軍本隊を一気に北に突っ切らなくてはならない。それは不可能であり、行く先は南しかない。

焼き払われた米須部落。すでに艦砲の餌食となり見る影もない。五人は低い丘の岩陰に身を寄せた。島尻摩文仁と喜屋武を結ぶ海岸線は、一部の隙もなく米軍艦艇に埋め尽くされている。

「アメリカは赤子の手を、無慈悲にも捻り潰そうというのか」

「赤子は抵抗せんが、俺たちはいまだ抵抗しているからな」

「今すぐにでも治療を受けたいよ。この不快な膿《うみ》や蛆虫《うじむし》とおさらばしたいもんだ」

遂に健之が弱音を吐いた。

席巻する米軍の巨大勢力を目前にして、五人は戦う気力を失いかけ、せめて行く当ての指南を待望するばかりであった。

行き交う敗残兵に混じって、ときおり力強い足取りで先を急ぐ屈強な兵が通る。土工具や通信ケーブルを担いでいるから工兵部隊であろう。

おい、待ってくれ。健之が呼び止めると、泥だらけの軍服は足を止めた。

「どこに行く、摩文仁か具志頭か？」

「山城であります。先日、敵軍の司令官が戦死。アメリカの総攻撃に備えるためであります」

「それはお手柄じゃあないか。なのになぜ逃げる?」

健之は腑に落ちなかった。

「南進過程で、わが軍の兵力は五万から三万へとほぼ半減。総反撃の体制も未だ整ってはおりません」

兵は深く一礼すると、また足早に先を急いだ。夕暮れの海岸段丘を低く曳光弾が掠め、真栄平方向に着弾した。そのあと、空を引き裂くような重砲撃が同じ場所に、たて続けに加えられた。

「敵司令官といえば、中将か?そいつは大ごとだ。弔い合戦となれば、これまで以上の物量と殺意で我が陣地を叩き潰そうとするだろう」

士気色をおびた滝沢の顔が、つかの間青ざめて見えた。

「摩文仁《まぶに》も危ないな。真栄平はたった今、壊滅した」

黒煙が青い空に立ち上る彼方を、山本が仰いだ。

「と言ってもだ、戦う力のない俺たちには摩文仁のほかはないぞ。考えようだ。司令部とともに、摩文仁で死ねるなら、願ったり叶ったりではないか」

死の覚悟が鮮明になると、五人はすっくと立ちあがった。歩みだそうとすると、僅か先にある転倒シーサーの岩影から、赤ん坊を抱えた母親が歩み寄ってきた。

「私はとこに行けばいいのでしょう。心細くて仕方ありません」

兵隊同様、弊衣蓬髪露わな母親。その薄い背中には、煤けた顔の赤ん坊がしがみついている。

「敵の大将が我が軍の攻撃によって戦死したのです。摩文仁はいけません。徹底的に集中砲火を浴びるでしょう。今真栄平が、その憂き目にあった。あなた方は喜屋武に向かいなさい」

「しかし、喜屋武にも敵が上陸したと聞きました」

「どこから来るかもしれん流れ弾に当たらぬように、注意深く進みなさい。アメリカ兵だって、母子を撃つはずはない」

「お父さんはどうしました？」

山本が口を挟んだ。

「農作業中、牛と一緒に艦砲で亡くなりました」

「壕に隠れていればよかったのに」

赤ん坊の目の前で、顔をクシャクシャにして微笑みかけたのは竹田だ。

「日本軍の兵隊さんが入ってきて、追い出されました。子供が泣くと敵に見つかるからと言われ、しょうがなく壕を出ました。赤ちゃんを殺すぞと脅されたので、どうしようもないさ」

大きな瞳の母親は、ひとつ瞬きをして、失望をにじませる諦め顔になった。

「ひどい奴がいたものだ。帝国軍人の恥である」

「己の子であれば、そんな仕打ちはできぬだろうが……。戦争は、人間から心を奪う。というのは、その日本兵の心配もわからんではないからだ」

躊躇《ためら》いがちに言う上田が思案顔になった。

「ですから、私は壕を去りました。子供とともに居られれば、それだけでいいと思いました」

「すまんことです。代わりに私たちがお詫びしましょう」

五人は母子に詫びた。いつか耳にした、チビチリガマの惨劇が健之の頭をよぎった。

米須の分かれ道が、五人と母子の行く先にどんな違いをもたらすのか、誰も知る由はない。しかしたった一つ、五人が心より願ったことがあった。それこそ、人間の人間たる証。抵抗の意思などない、か弱き存在である母と子に、なろうことなら、慈悲深きアメリカ兵たちが、神のごとく救いの手を差し伸べてくれるようにと。そこに怨嗟憎悪があってはならないと。

今日は幾日だろう……六月二十日あたりだろうか。健之はつぶやいた。目まぐるしい転戦の毎日が続き、健之にはもう日付けの見当すらつかない。五人、米須から摩文仁を目指した。ただ、予想にたがわぬ猛攻撃が摩文仁八十九高地一帯に浴びせられ、容易に近寄ることができない。健之たちは段丘の上から、海岸に降りて砲弾を避けた。

「丘の上は灰燼に帰した。仮に司令部があの地にあるとすればだ、牛島中将、長参謀はじめ司令部詰めの兵隊は生きてはいないだろう。自決したかもしれない」

最悪の事態を健之は考えた。

「司令官は間違いなく自決を選ぶ。グアムとサイパン同様」

「気の毒なことだ」

「マッカーサーは、フィリピンで一度は日本に敗れた。しかしだ、アイシャルリターンと言い残して、捲土重来を誓った。死んで終わりにはしなかった」

腑に落ちないと言いたげに、山本が小石を海に向かって投げた。

「武士道にのっとった責任の取り方に他なるまい。死んでしまえば潔さそうだが、将来まで抹殺するのは、いくらなんでも行きすぎだと俺は思う」

竹田がすっくと立ちあがった。

「残された俺たちは、どうしたらいいのだろうか?」

竹田を見上げて滝沢が訊ねた。

「俺は戦う。やっぱり戦いたい。悪いが、お前たちは傷が一向に癒えん。戦闘は無理だろう。ここで別れよう」

「俺もそうしたい。国頭支隊への合流はとても無理かも知れんが、ほかに方法はあるはずだ」

山本と上田が立ちあがった。

「俺たちを見捨てるのか。足手まといは死ねばよいと言うのか。第一、俺のけがは腕だぞ、足に問題はない」

けんか腰で滝沢が突っかかった。

「わかった。じゃあ、お前も一緒に来い。戦う余力のある者は戦うべきだ。お前たちは深手を負った負傷兵だ。戦う余力などないと思っていた。米軍の情けに縋れ。天皇陛下も許してくださるだろう」

そう言って、四人示し合わせたように健之のもとを去った。呆気ない別れではあった。彼らを奮起させたのは、第三十二軍消滅を目の当たりにした衝撃の大きさだったのだ。打ちのめされた心が、かえって四人の闘争心を揺り動かしたのだ。健之には去りゆく四人を引き留める理由が見つからなかった。

一人になった健之は、負傷兵となった我が身に与えられた使命について考えた。

唯一手にしていた手榴弾も、匍匐途中にいつの間にか紛失し、自決もままならない。いや、はなっから自決など頭にないのだ。親から受け継いだこの命、自ら断ち切ってなるものか。この惨憺たる沖縄戦の真実を、生きながらえて世に知らしめるのだ。それこそが、唯一無二なる我が使命である。そのためにはまず生きねばならん。攻撃できぬ敵を撃つ兵などいないだろう。仮にアメリカ兵に出くわすとしても、結果は予測できない。偶然の成り行きに任せるしかない。そこまで頭をめぐらせてから、健之は海沿いの岩場をまた這い始めた。六月二十四日の夕闇が、静かな海を包もうとしていた。

雨の季節が終わり、沖縄に煌めく夏が訪れた。幸いといえば、これ以上の幸いはない。摩文仁から磯伝いに東に匍匐する身にとって、すがすがしい陽光は活力の源だ。数を減らしたアメリカ艦船の代わりに、巨大な貨物船が悠然と沖を滑って行く。敗北がもたらす平和が手の届くところまで来ている。なのに、なのに俺は死んでしまうのか。

段丘の地層を通って染み出る水で喉を潤しながら、丸二日間進んだ。岩に裂ける手のひらから血が滲む。海水が傷口を洗う。おかげで蛆虫と蠅は減った。ただ、食料がない。生のまま魚を食べることはできない。水だけでは限度があった。三日目、健之は腹をくった。丘を登って台地の上に出た。

そこは具志頭の村であった。艦砲射撃は止み、空爆を繰り返す戦闘機もいない。ときどき散発的に機銃弾が飛び交うものの、継続する交戦にはいたらぬようである。四方から包囲網を縮められ、摩文仁八十九高地の一点に追い詰められた沖縄防衛軍は、紛れもなく叩き潰され敗北したのだ。

侘しい安堵感が込み上げてくるけれど、じっとしてはいられない。空腹はとうに限界を越している。健之はまた、焼けた畑の中をゆっくり這って動き出した。生きるぞ、生きるんだ、生きるぞ、生きるんだ、父ちゃん母ちゃん俺は生きるぞ、生きるんだ、生きるぞ、生きるんだ、生きるんだ、生きるんだ……何本か焼け残った砂糖黍を見つけた。しゃにむに茎をつかんで押し倒し、匂やかな茎にかぶりついた。口中にひろがる甘い汁。重い瞼をふさいでから、その汁を喉から胃に送った。その途端、至福の一瞬を見計らったかのように、意識がもうろうとして、闇が健之を包んだ。

十五

聞き覚えのない言葉に取り囲まれている。

しかも殺伐とした雰囲気が感じられない。健之は自分の耳に手をやった。確かにこの耳が聞いている。脚に手をやると、これもちゃんと繋がっている。生きている……深い闇が少しずつ光を取り戻し、目を開けると白いテントの天井が現れた。

具志頭の畑で倒れていた健之は、米軍の負傷兵を探していた第七師団の衛生兵に見つけられた。昏睡状態にあった健之自身には何が起きているのかわからない。アメリカ兵の手によって、湊川の野戦病院に収容されたのであった。

すべてをアメリカ兵にゆだね、ざまもないみっともなさを恥じながら、健之は横になっていた。下肢を腐らせつつあった傷口の膿と蛆虫はすっかり除去されたようだ。その個所を触れると、乾燥して張りのある真新しいガーゼの感触があった。命の恩人は紛れもなくアメリカ兵なのだ。

次々と負傷した日本兵が運ばれてくる。殲滅を誓った敵の将兵にもかかわらず、衛生兵と将兵たちは、当然のように手負いの日本兵相手に、治療と看護にあたるのである。アメリカ兵が、鬼ではなく神様に思えてくる。胸をはだけた髭面の大男が神様に見えてくるようでは、俺もついに焼きが回ったかと、健之は一人苦笑した。

野戦病院はやがて日本兵の傷病者であふれた。かいがいしく動き回る一人の衛生兵を呼び止め、健之が、

「フー・ファウンド・ミー。アイ・ウォント・ノウ・ヒズ・ネーム」と訊ねたが、彼は、アイ・ドント・ノウ、とだけ答えて仕事に戻った。

大本営の宣伝を真に受けた俺たちは、夥しい数の兵と沖縄県民の命を失った。戦いのなか、密かに身を隠す壕のなか、時として、敗者をもてあそぶ勝者の狂気のなか。敵たるアメリカ人によって、そして味方同士、家族同士が命を奪い合った。そんな奈落から今、俺は蜘蛛の糸にすがって娑婆によみがえった。アメリカ兵の手によって。つまりアメリカ兵こそ仏様なのだ。我々が武器さえ持っていなければ、彼らは仏様や神様にも似た心優しい人間として相手に接する。思えば、銀幕の中でシャーリー・テンプルとチャップリンが演じたように。

十六

シュガーローフを訪ねた翌日、健治と亀川、スコットの三人は国道五十八号線、泊高橋で落ち合った。

亀川の曾祖母、金城ハルさんを訪ねるためだ。昨日、亀川に会うまで、健治とスコットは、めいめい今日の予定があった。しかし、ひめゆり部隊の一員として沖縄戦に加わり、そして生き延びた女性の話が聞けるとあってふたりとも予定を変えた。

那覇曙にある老人ホームに向かい、三人は車通りの激しい道路を歩いた。

離島航路を行き来するフェリーや客船が停泊する泊港。南の島で冬の沖縄を満喫して、身も心も生き返りたいと願う人々が、列を作って乗船している。

「あの船は、どの島に行くのでしょう?」

目の前に停まるフェリーを、スコットが指さした。

「渡嘉敷島でしょう。コロナがなければ、もっと多いはずですよ」

「たしか、慶良間諸島のなかではもっとも集団自決した人が多かった島ですね」

うろ覚えを、健治は口に出した。

「一口に三百二十九人といいますが、その自決の方法は様々でした。支給された手榴弾が爆発しなかったからです、半分くらい。ですから、そこで生き残った人もいたし、別の手段に頼った人もいたのです」

「その方法が残忍だった。家族同士、親が子を、子が親を、心を鬼にして、こん棒や鋤を使って殺害したのですね。鬼畜は、誰あろう、私たち日本人だったのかな」

健治には、自決した人たちの嗟嘆《さたん》の声が届いた。

「命令者は誰だったのでしょうか？」

「村長だと言われています。軍の命令に背けなかったったのでしょう。島には今、白玉の塔という慰霊碑があって、犠牲者の氏名が刻まれています」

「アメリカ兵が直接に手を下したわけではありませんが、その惨状を見た兵士たちは、自分たちの責任を痛感したでしょう」

スコットが頬をかすかに震わせた。

泊高校交差点を右に折れ、三人は海岸と並走する那覇西道路に出た。南下すると那覇空港に達するその道は、自動車がひっきりなしに通る幹線道路だ。

しばらく行くと、琉球八社のひとつ天久宮の前に着く。亀川に倣い、健治とスコットは一拝して通り過ぎた。

「海岸地帯の東側には、天久台地があります。十メートルほど高いので、高射砲の陣地がありました」

亀川が説明すると、健治が不意に立ち止まった。

「右側の斜面にあるのが、沖縄特有の亀甲墓ではないですか」

「なるほど、大きなお墓だね」

スコットも歩みを止めた。

「それにしても、お墓に通じる通路が黒いビニールのゴミ袋で殆どふさがれているのは何故でしょうか?」

神聖であるべき墓所の通路に溢れかえる黒いゴミ袋。中身が何なのかはわからないが、黒いビニール袋が白い亀甲墓を圧倒する光景は異常と言うしかない。

「アメリカ軍が亀甲墓をないがしろにしたことが原因でしょうか?」

「日本軍も同罪です。敵を待ち伏せる隠れ場所にしたり、弾薬倉庫にしました。死者の御霊を弔う場所を汚したのです」

「お二人は、考えすぎですよ。もしこのビニール袋にゴミが入っているとすれば、それは住民の単なる我がままです。捨て場所がないのでここに持ち込んだのでしょう。県外移住者が多くなったせいで、ルール違反を平気で犯す輩が増えました」

「……そんな単純な理由でしょうか？　もっと沖縄特有の理由があるのでは」

得心できないらしく、スコットが亀甲墓を眺めながら腕組みをした。

「どうかな。これと言って思い当たりませんが……」

「どんな事情があるにせよ、墓苑にゴミ袋はいけません。不似合いもいいところです。今すぐ始末したいくらいです」

「明日にでも僕が、役所に連絡しておきます。みっともないですからね」

亀川の言葉を聞くと、スコットはまた歩き出した。あの墓に沖縄戦で命を落とした人が葬られているかもしれない。そう思うと、スコットは、知らん顔で通り過ぎるわけにはいかなかった。

那覇西道路の緑地帯が途切れるあたりまで来ると、右側に立ち並んでいた建物の裏手に、緑色の斜面が見えてきた。

「あの斜面を登ると、天久台地に出るんですね」

「そうです。以前は台地の上から、高層ホテルが海を見下ろしていましたが、今では病院に衣替えしました」

「崖を上がってしまえば、シュガーローフはさほど遠くはないのかな」

「戦闘を繰りかえさずに進めば、重装備でも半日でしょう。沖縄激戦地のひとつと言っていい。戦後は米軍が駐留して、軍人家族用の住宅がありました」

「そこが返還されて副都心になった」

そのとおりです。亀川はそう答えてから、

「この辺りは曙一丁目です。曾祖母は二丁目の老人ホームにいます。三丁目と安謝にはキリスト教会もあるんですよ」

「祖父は、沖縄戦が宗教戦争でなくて良かった、とよく言ってました。まあ、人種戦争の一面はあったかもしれないけれど」

スコットが、ちょっとうつむき加減になった。その変化をしり目に、

「潮の香りがするでしょう。岸壁は目と鼻の先なんですよ」

亀川がククッと鼻を鳴らした。

「岸壁のまじかを幹線道路が走る。沖縄らしいな。海との絆が太い」

「祖父が育ったジョージア州サバンナも港湾都市です。平和な時であれば、親近感を覚えたでしょうね」

「ジョージア州は南部の温かい土地ですね。その点でも沖縄と、似通っているね」

倉庫街に健治が目をやると、視線にこたえるように、貨物船から汽笛がひとつ、高らかに鳴り響いた。

小学校の角を右に曲がってしばらく行くと、老人ホームうみばた、があった。周りを威圧して建つ豪壮なホームとは異なる、こじんまりとした五階建ての白い建物だ。

亀川の後ろについていくと、受付の窓口で入室申請書の記入を求められた。日本語を書けぬスコットは、亀川の友人として特別の計らいをうけた。

金城ハルさんの居室は四階なのだが、受付の職員から、ちょうど今、十時のお茶の時間だと知らされた。一階なかほどにある歓談室で、入居するほかの人たちと一緒に、紅茶を友にお喋りを楽しんでいると言う。

邪魔にならないかな？　健治が躊躇《ためら》うと、

「昨日、電話しておきました。おばあも楽しみにしていると言っていたので、かまいません」

「そう言ってもらえると、ありがたいよね。こちらはどうしたって、悲しい記憶に触れちゃあいけないという遠慮があるからね」

「遠慮は無用です。おばあは、これまでも幾度となく体験談を語ってきました。涙をこぼしたことはありません。涙は沖縄の珊瑚に捧げたと言っています。記憶のバトンタッチこそ、学友たちへの哀悼になると考えているのです」

「お定まりの質問に限らなくても、答えてもらえますか？」

「アメリカの方も、何度か訪ねていらしたと聞いています。苦し紛れのいい加減な答えだけはしなかった、と言っていました」

「わかりました。だとしても、アメリカ人としては気に病むでしょうね」

苦笑いのスコットが、器用にスリッパに履き換えた。

看護師らしき職員について行くと、途中から賑やかな歓声が漏れ聞こえてきた。

テレビの音です。そう言って看護師が振り返った。

開け放ったドアを、トントンと亀川が叩いた。

おばあ、と呼びかけると、テレビの真ん前に座っていた老人が首を捻りながら、ジュンちゃん、と応えた。その機を逃さず、スコットが割り込んだ。

「バスケットボールですね。沖縄フランチャイズのチームですか」

「ゴールデンキングスさ。十三節の長崎ヴェルガ戦。大接戦だった。よかったよ」

ビデオ画面に顔を戻すと、チームのペナントを振りつつ、熱狂冷めやらずまた応援に夢中になった。

「あと十五分くらいね。邪魔をしないほうがいいさ」

お決まりのことさ、と言いたげに、テーブルの端に座る白髪のおばあちゃんが目を細めた。端から数えると、六人の老人がテーブルに集っている。

三人は十五分、廊下で待つと決めた。その白熱ぶりから推して、とても三人の話に耳を貸すとは思えない。

十五分間、もっぱら待つだけだと、これが案外間がもたない。三人は廊下で立ち話となった。

「ゴールデンキングスは強いのですか?」

スコットが訊ねると、亀川がにわかに相好を崩した。

「強いんですよ」

見込みどおりの反応に、スコットも笑みをこぼした。

「実は昨年の日本リーグの優勝チームなんですよ。前年四位から、みごとのし上がって王者の座に着いたんです」

「ハルさんが、夢中になって見とれているのも、当たり前だね」

バスケットボールにさして関心のない健治。おざなり対応は隠し切れない。

「村山さんは名古屋ですよね。愛知県には日本リーグに所属するバスケチームが、四チームもあるんです。応援してくださいね」

胸の内を亀川に見透かされているようで、健治はドキリとした。

私たちは……といいながら、案内してくれた看護師が近寄ってきた。

「私たちは、入所しているお年寄りたちが、毎日希望を持って生活してもらいたいと考えています。ゴールデンキングスは、いろんな意味で、ほんと希望の星なんです」

「没頭できるチームがあるのは、心の張りを生みますね。明日の試合が待ちきれなくてうずうずしてくる」

「スポーツ観戦だけじゃないですよ。近所の保育園や幼稚園から定期的に子供たちの訪問をお願いしております。他にも、ネイルアートの先生、美容師さん、ペットとの出会いなど、日々の予定が目白押しなんです。決して退屈させません」

「今日は何か予定がありますか。バスケのビデオ観戦以外に」

「ちょうどネイルアートの日です。三時からです」

「ネイルアートとは。気分転換にうってつけじゃあないですか。おしゃれだし」

ハルさんの姿をチラッと見てから、スコットは、自分の指に目をおとした。

「女性はいつまでたってもおしゃれなんです。一見そうは見えない人でも、ちょっとしたおしゃれ心はあるんですよね。女性の生きがいですから」

ハルさんは、試合ビデオがすんでから、しばらく友人たちと談笑を楽しんだ。話の主人公は、ごひいきにしているゴールデンキングスの選手たちだった。岸本、岸本と幾度も繰り返している。

屈託なく彼らをほめそやすおしゃべりに耳を傾けていると、若やいだ乙女のころを彷彿とさせるはしゃぎぶりに、知らず知らず健治と亀川、スコットの顔がほころんでくる。

車いすのまま四階の自室に戻ったハルさんは、ベッドに横にならず、車椅子に腰かけたまま三人と話したいと希望した。

「おばあ、無理しなくていいんだよ」

亀川が気を遣った。

「なんくるないさー。寝たまんまじゃあ、喋りにくいさ。お互い椅子に座って、顔が目えるのがいいよ」

「すみませんね、図々しくお邪魔しちゃって。心からお礼を申します。何か手土産をと思ったのですが、順也君から待ったがかかりまして」

「私の注文ですよ。悪しからず」

お茶目な声が応えた。

「バスケットは、アリーナでも観戦されるんですか？」

「それはないさ。あのすごい興奮は若い衆のもんだね」

「若い衆のもんといえば、ネイルアートがお好きだと聞きましたが」

ニコリとしてハルさんは、両手の甲を健治とスコットに見せた。

ふたりは身を乗り出して、顔をハルさんの手に近づけた。

瞬きをしてから目を凝らすと、青い背景に梯梧らしい赤い花が描かれている。

「デイゴの花ですか？」

「物知りの方ね。ハイビスカスではないのよ。きょう、デイゴからナゴランに代わりますけどね。ひめゆり、デイゴ、白梅、ナゴラン。四種類の花をかわりばんこで描いてもらってるのよ」

「ぜんぶ、戦争中に活動した女子学徒動員隊の名前ですよ。ひめゆり学徒隊、デイゴ学徒隊、白梅学徒隊、ナゴラン学徒隊。花のように散っていったんですね、みんな」

一九四五年三月二十二日、沖縄師範学校女子部と沖縄県立第一高等女学校の生徒、教師二百四十人が、学舎のある那覇から識名壕に向かった。そこで一泊した翌日、南風原《はえばる》にある陸軍病院壕に到着した。その胸ちゅうは、出征兵士に似て複雑だった。いまだ未熟な自分たちも、いっぱしお役に立てるという誇らしさと同時に、人と物を焼き尽くす戦争への恐怖が入り混じっていた。

前年十月十日におきた十・十空襲と、あくる年一月二十二日の大空襲以来、米軍の沖縄上陸は必至と考えられていた。防衛召集、根こそぎ動員……その名のもとに、沖縄の人たちを戦意高揚の渦に巻き込んで、少年少女まで戦争にかりだす政策が実行された。

南風原陸軍病院壕は、南風原の丘に四十余りの壕が築かれていた。艦砲射撃と空爆から患者と職員を守るための大規模かつ強靭な施設であった。

四月一日、米軍沖縄上陸以降、入院患者は飛躍的に増えた。壕内に設えられた二段ベッドもまたたく間に埋め尽くされた。肩甲骨骨折、気管損傷による呼吸不全、能症、火炎放射器で炭になった人、破傷風など、ありとあらゆる負傷兵が二段ベッドに身を横たえるようになった。

終日休む暇もなく動き回る看護生徒は、疲労困憊していた。それでも、横になる空きベッドはなく、壁や柱にもたれかかって睡眠をとることを強いられた。食料として支給された握り飯も、四月一日以後、だんだんその大きさを減じ、やがては卓球玉ほどの小ぶりなものになっていった。戦況の悪化が、手に取るようにわかった。

着任してふた月が経過した五月二十三日、南風原陸軍病院解散命令が出た。首里防衛線がことごとく突破され、米軍が雪崩を打って侵攻する要件が整ったのだ。首里防衛を担う第三十二軍同様、南部摩文仁方面に移動を余儀なくされたのだ。

「重傷兵に手榴弾や毒入り牛乳を手渡し、私たちはお別れをしました。もう涙も出ません。できれば、それを使わずに生きてほしいと願いつつ、命令には背けませんでした」

穏やかなハルさんの話しぶりに、健治はひとまず胸をなでおろした。

「たしか、本科、第一外科、第二外科、第三外科すべてが、伊原の外科病棟壕に移られたんですね」

「いいえ違います。本院は山城、第一外科は波平、第三外科は伊原第三、分院は伊原第一でした。私たちの第二外科は、糸州の壕でした」

「すみません。大雑把な知識で」

恥ずかしくなって、健治は年甲斐もなく頭をかいた。

「わが軍の追撃は、とても激しかったでしょうね」

「そりゃあもう、情け容赦ないと言うか、冷酷無比と言うか。艦砲射撃と照明弾から身を守る道中は、命からがら、生と死のはざまをさまようような逃避行でした」

「海兵隊と出くわしたことはありませんでしたか?」

スコットが重ねて訊《たず》ねた。

「なかったですね。日本の兵隊さんが守ってくれたんでしょうね」

ハルさんが、ちょっぴり作り笑顔になったのは何故だろう。

「南風原からまず、どちらに向かいましたか。決められた壕はあったのでしょうか」

「真壁をめざしました。体の具合を悪くしていた私でしたが、戦友や少尉殿や軍医さんに助けられて、辛うじてついていくことができました。ただ、壕を探すのには暇を要しましたよ。決められた壕はありませんでしたので、自分たちの努力で見つけなければなりません。しかしほとんどの壕は、中頭方面から逃げて来た民間人と兵隊さんで一杯だったのです。艦砲射撃が頻繁に着弾するなか、運を天に任せての壕探しでしたね」

「見つかったのですね」

「南風原陸軍病院の解散を伝えて、みんなで交渉をした結果、その日は修理部隊の壕に受け入れてもらえました。おまけに、おいしい鶏スープまでご馳走になったのよ」

負傷兵と学徒看護婦が困っている。ならば、何を置いてても手を差し伸べてやりたい。温情厚い人たちが、戦火たえぬ大混乱のさなかにも確かにいたという証拠だ。健治はひとりでに目頭が熱くなった。

「翌日は高嶺まで進みました。不思議なことに、その近辺は艦砲射撃や空爆もなく照明弾も上がらない静かな状態で、ちょうど空いていた高射砲部隊の壕に泊まることができました。高射砲部隊といえば、私たちが天久と識名の高射砲陣地設営に協力した記憶がよみがえり、思わず手を合わせましたよ。兵隊さんたちはきっと、斬り込みに出たに決まっているのですからね」

「糸洲の壕についたのは何日目だったのかな？」

「三日目さ。糸洲第二外科壕は女子師範予科生の実家裏にある森の中だったの。その縁もあって、家族の方にはとてもよくしていただきました。しかし、三、四日は平穏でしたが、六月四日に艦砲射撃が直撃して、民家に寝どまりしていた戦友が亡くなりました。そのあとも、激しくなる一方の艦砲射撃の犠牲者がかなり多く出ましたね。むごさの極みと言えば、五、六人全員、首と両腕が切断された遺体を、衛生兵さんが引きずって行くのを見た時だったわね」

「爆弾の鉄片が直撃したのでしょう。空飛ぶ刃物の仕業です。そんな危険極まりない糸洲に、何日間いたのですか？」

「六月十八日までの三週間余りですね。というのは、十八日、糸洲の壕の上にアメリカ兵が現れたのです。英語で何か喋っている声が漏れ聞こえました。いよいよ殺されるかと思いましたよ」

馬乗り攻撃、ですね。念を押したのはスコットだった。

「馬乗り攻撃に限らず、沖縄戦を含む日米戦ではアメリカのあらゆる新兵器が使われました。兵器の見本市でしたが、そのとどめが原爆でした。しかもですよ、日本のみを原爆投下対象にした米英合意は、ルーズベルト大統領とチャーチル首相の間で、ドイツ降伏以前すでにハイドパーク会談において完了していました。私が、日米戦を人種戦争だと考えるゆえんです」

スコットは怒りをにじませた。

そうだったの……ドイツでなくて、日本だけに原爆を。強制収容所もそうだったわね。ハルさんの独り言は、衝撃のあまり弱々しい声になった。知りたくなかった歴史を突き付けられたかのようだ。

「原爆……ではなくて新戦法のお話、おっしゃるとおりでしたね。壕の上から手榴弾やガス弾を投げ込んで、退避者を民間人と兵士の区別なく全滅させる。とっても恐ろしい戦法だった。私たちは急いで第二外科壕を離れ、波平の第一外科壕に逃げようとしたのだけれど、途中遭遇した第一外科の生徒から、波平壕が被弾したと知らされたの。急遽避難先を伊原にふたつある壕のうちの、伊原第一外科壕に変更しました」

「絶えず出来事が移り変わる。その目まぐるしさは、たとえば映画の場面進行の中に置かれているようですね」

「映画ではありません。血と膿《うみ》の匂い。朽ち果てた屍の死臭。生々しい生命の残り香は、命の呻《うめ》きでもあるのですから」

「軽率なたとえでした。すみません」

「伊原第一外科壕で私たちは、十八日陸軍病院を解散するとの命令を受けました。突然の発令に、私たちは途方にくれたました。しかしまごまごしてはいられません。この壕も狙われている。その日と、せめて翌日のうちに、私たちは散《ち》り散《じ》りバラバラ砲撃の間をぬって逃げ出そうと決めました。十九日には、第三外科壕が馬のり攻撃を受ける不幸に見舞われて、親しかった看護生と先生方四十六人が亡くなってしまいました」

「アメリカ軍のバックナー中将が、六月十七日、第三十二軍の牛島中将に降伏勧告したことを知っていますか？」

「いいえ、その時は知らないさ」

「六月十九日からは、それまでとはまた別の困難があったのでしょうね。頼るべき命令主がいないのですから」

「個人個人が主役になりましたね。十九日に私が第一外科壕を去る時、一緒に行こうと友を誘いましたが、聞いてくれたのは一人だけでした。何十人もの負傷兵や看護生が壕に残って、ここで命を終える決意をしたようでした」

「去るも地獄。残るも地獄でしたね」

「どちらも、どうなるかわからない。たとえ死んでも泣き言は言わない。生き残った者が死んだ者の願いを受け継いで生きるしかない。暗中模索、運を天に任せるしかなかったのですよ。ふたりで壕を後にしたものの、避難者と兵士でごった返す外に出ると、大した間もおかずに顔見知りの先生たちと合流でき八人の大所帯になりました」

「アメリカ軍が厳しく包囲しているから、狭い範囲を大勢の人が右往左往するしかなかったんですね」

「読谷山の北では、国頭支隊が互角に奮戦しているという噂が広まっていました。米軍の包囲網を突破して国頭を目指そうと考える兵がいっぱいいて、みんな勇んで出かけましたが、その分負傷者を増やす結果になりましたね。最後の望みにかけたのでしょうが」

「自決するより、勇敢に戦って抵抗することを選んだのですね」

最後の最後まであきらめない、日本兵らしい粘り強い行動だと健治は感嘆するが、ひとえに奇跡を願うばかりでは、向こう見ずな愚策との誹りは免れない。

「私たちも自決に傾いた時はありました。偶然出会った中尉さんに、日本刀でひと思いに斬ってくださいませんかとお願いしたのですが、総勢八人と申し上げたら、とても無理だと断られました」

「それは十九日のことですか?」

「いえ、二十日に起きたことです。私はまだまだ生きたかったので、断られ、正直ホッとしました。山城からさらに進んで喜屋武岬に近くなると、艦砲射撃に代わって自動小銃の音が頻繁に聞こえるようになったの。敵兵と死が迫っているようで恐ろしかった。逃げ回っている者みんなそうだったのでしょう。赤ちゃんをおんぶしたお母さんが近寄ってきて、坊やがいるので壕に入れてもらえない。坊やを殺さないといけませんか。そう訊ねてくるので、一緒に逃げましょうと説得して、荒崎の海岸に下りて行きました。するとそこで十八日の解散以来離れ離れだった友人たちに巡り会えたのは心強かったわね」

「その出会いによって、八人だった仲間が何人に増えたのですか?」

「二十人を越してしまったの。目立ち過ぎなので、四人一組の班に分けて動くようにしました。そして二十一日、アダンのジャングルを抜けて歩いていると、まわりのどこかから……住民は海岸へ下りよ。決して撃たないから安心して歩け……、そう繰り返す声が聞こえてきました。撃たないと言っているけど、信じちゃあいけないと思いましたが、考えてみれば、現にその時点で撃たれてはいなかったんだから、信用してよかったんだね」

「なのに、さらに逃げ続けたのですね」

「見つけた岩場の壕で先客に頼み込みましたよ。満員で壕の奥には行けず、入り口付近でうずくまっていたら、とうとう私が銃撃弾の破片を受けて足に傷を負ってしまいました。先生に包帯を巻いてもらいしばらく歩きましたが、やがて意識が朦朧となってきました。そのぼんやりした視界の中で、腕に赤十字の腕章を巻いたアメリカ兵の姿を見たのです。それはもう呉越同舟そのもので、敵が味方か、味方が敵か、夢かうつつか判然としない、不思議な感覚でありました。もう死んでしまったのかしらと疑って、ほっぺをつねったらとても痛かったわ」

「米軍の衛生兵だったのですね」

「にしても、何かしっくりこない。敵味方を超越した珍しい光景ですね。抵抗しない日本人。撃たないアメリカ人。もともとこうであればよかったのに」

「衛生兵さんが注射器を取り出して、私に注射を打ってくれて、とても意識がはっきりしてきました。何だかわからないけど、これで私は助かるかもしれないと、初めて感じた瞬間でした。沖に浮かぶ艦船から、波打ち際を湊川に向かって歩け、と声が届き、そのとおりにするしかないと思いました。湊川が捕虜の収容所だったのね」

言い終わったハルさんは、両手を軽く合わせ、瞼を閉じた。それから、

「戦争が絶えないわね。私、絶対に戦争が起きない方法を知ってますの」と得意げにつぶやく。

三人が、目くらましを食らったようにハルさんを見据えると、

「いえね、簡単なことですよ。たった一つ決まりを作ればいいのよ。武器を持たない民間人を一人たりとも殺した軍隊と国家は、即時戦闘停止とね」

三人はただ頷くしかなかった。

［著者略歴］
大島誠一
1949年（昭和24年）名古屋市に生まれる。大学中退後、版画・絵画製作を続けている。日動画廊グランプリ展入選を経て、名古屋市民ギャラリー他で個展多数。作品は抽象具象分け隔てなく、自由な創作意欲による。
創作活動の土台は、あらゆる分野に通底するとの考えのもと、70歳にて文筆活動をはじめる。
［著書］『緑巡回』（2020年）、『熱田台地』（2022年）、『戦争回路』（2023年、いずれも風媒社）

装画◎大島誠一

装幀◎澤口 環

海生《うみう》みの島

2024年5月30日　第1刷発行　（定価はカバーに表示してあります）

著　者　大島　誠一

発行者　山口　章

発行所　名古屋市中区大須 1-16-29
振替 00880-5-5616 電話 052-218-7808
http://www.fubaisha.com/
風媒社

＊印刷・製本／モリモト印刷
乱丁本・落丁本はお取り替えいたします。
ISBN978-4-8331-2122-4